XUN präsentiert:

AF222726

als Taschenbuch Nr. 06
den Band 01 – 4. Auflage von

Crystal – geboren aus Dunkel & Licht
„Im Bann dunkler Mächte"

Horror-Romanserie von A. T. Legrand

Freie Redaktion XUN

Postfach 3717 – 74027 Heilbronn
© 4. Auflage April 2017 bei FRX

Titelbild und Titelgestaltung: Stefan Böttcher

Chefredaktion: Bernd Walter

Umschlaggestaltung, Herstellung und Verlag:
BoD-Books on Demand, Norderstedt

Textkorrektur: Lektorat Fehler-Haft.de Daniel Schneider

www.fantastischegeschichten.de
www.freie-redaktion-xun.de
E-Mail: webmaster@fantastischegeschichten.de

ISBN: 9-783839-116845

Eisig fuhr der Wind durch die dürren Büsche, die am Rande des Weges standen. Ihr gespenstisches Rascheln vermischte sich mit dem schaurigen Ächzen alter, knorriger Weidenbäume, welche mit unheimlichen Schattenfratzen in die stürmische Nacht zu starren schienen.

Am nachtdunklen Himmel jagten schwarze Wolken entlang. Nur ab und zu war das fahle, weiße Licht des bleichen Vollmondes zu sehen.

Irgendwo schrie mit schaurigem Ton ein Käuzchen.

Von einem Moment zum anderen setzte ein leichter Nieselregen ein.

»Auch das noch!«, seufzte Michael Fux.

»Fehlt bloß noch, dass jetzt irgendjemand ruft: ›Hallo, hier spricht Edgar Wallace!‹ Und das nennt sich nun Sommer. Ha! Sommer in England. So eine Scheiße!«

Missgelaunt stapfte er einen dunklen Waldpfad entlang. Den Kragen seiner Jacke hatte er hochgestellt, doch der relativ dünne Stoff bot ihm nur wenig Schutz gegen die Unbilden der Witterung. Derart kühle Temperaturen erwartete man ja auch nicht unbedingt im Juli.

»Bei diesem Wetter scheucht man ja noch nicht einmal einen Hund vor die Tür«, brummelte er übellaunig vor sich hin.

Dann blieb er plötzlich ruckartig stehen, gerade so, als wäre er gegen eine imaginäre Wand gerannt.

Drohend reckte er seine rechte Faust in die Richtung, aus der er gekommen war.

»So wahr mein Name Michael Fux ist«, schimpfte er lauthals in die fast undurchdringliche Dunkelheit hinein, »das wirst du mir büßen! Dir werd' ich helfen, mich in dieser ... dieser gottverlassenen Gegend im

Stich zu lassen, du ... du ... verdammte Mistkarre, du! Ich werde dich verschrotten lassen!«

Da er keine Antwort erwartete, drehte er sich gleich darauf wieder um und ging weiter den dunklen Waldpfad entlang. Fröstelnd zog er sein Genick ein und schlang die Arme um seinen Leib. Nein, so hatte er sich seinen Urlaub, den ersten, den er sich seit mehr als drei Jahren gönnte, nicht vorgestellt.

Etwa drei Kilometer von seinem jetzigen Standort entfernt hatte er sein Auto zurücklassen müssen. Es war einfach stehengeblieben, von einem Moment auf den anderen. Gerade so, als hätte jemand einen Schalter umgelegt und – aus!

Und dann wollte es keinen Meter mehr vor oder zurück. Irgendwie passte das alles auf makabere Weise in sein derzeitiges Leben hinein. Dieses Jahr war nämlich nicht sein Jahr.

Irgendwie schien sich in diesem Jahr alles gegen ihn verschworen zu haben. Michael Fux arbeitete in Stuttgart als sehr erfolgreicher Versicherungsmakler. Er war charmant, eloquent, gebildet, integer, wortgewandt, kurz, er vereinte alle Qualitäten in sich, die man für diesen Job haben musste. Nur – er hasste seinen Beruf! Sicher, sein Verdienst bewegte sich in Höhen, die man als außergewöhnlich gut bezeichnen konnte. Und doch frustrierte ihn die Arbeit von Monat zu Monat mehr. Dabei konnte er noch nicht einmal sagen, woran das lag. Aber etwas tief in ihm drin schrie geradezu nach einer Veränderung. Schließlich war Fux an einem Punkt angelangt, an dem er beschloss, sich eine mehrwöchige Auszeit zu nehmen, um Abstand zu gewinnen und in Ruhe nachzudenken. Dazu kamen auch noch Probleme im privaten Bereich. Seine langjährige Freundin hatte sich nur drei Monate nach ihrer Verlobung von ihm

3

getrennt. Der Grund dafür war, dass sie ihn, Michael, in flagranti bei einem Seitensprung erwischte – mit ihrem eigenen Bruder! Niemand war mehr über diese Tatsache erstaunt gewesen als er selbst. Bis zu diesem verhängnisvollen Abend wusste er in keinster Weise, dass er sexuell auch dem eigenen Geschlecht zusprach. Doch bei dem Bruder seiner Verlobten handelte es sich um einen äußerst attraktiven Mann. Musik, Wein und schummriges Licht hatten ihr Übriges getan, und so war aus einem gemeinsamen Filmabend vor dem Fernseher eine heiße Liebesnacht geworden, bis Iris plötzlich in der Tür stand. Michaels Leben, jedenfalls jenes, das er bisher gelebt hatte, zerbrach in große Trümmerstücke, die unaufhaltsam davontrudelten.

Das war der Grund, warum er nun mutterseelenallein, ziemlich schlecht gelaunt und frierend durch diesen fremden, unendlich erscheinenden Wald trottete, auf der Suche nach Unterkunft und Hilfe. Denn zu allem Überfluss hatte er auch noch sein Handy im Hotelzimmer vergessen.

Die rabenschwarze Dunkelheit der Nacht, die Kälte und die Nässe legten sich wie ein schweres, beklemmendes Tuch über seine Gedanken und Gefühle. Mit der Zeit begannen seine überreizten Sinne ihn zu narren.

So meinte er plötzlich, Schritte zu hören. Mehrmals blickte er sich um, konnte jedoch in der dunklen Nacht nichts erkennen.

Bäume, Büsche und Sträucher nahmen immer bedrohlichere Gestalten an, die mit langen, bizarren Gliedmaßen nach ihm zu greifen schienen.

Michael Fux zuckte heftig zusammen, als ihn aus der Dunkelheit heraus ein glühendes Augenpaar anzustarren schien, und er stieß einen unterdrückten Schreckensschrei aus.

Fast unbewusst hatte er sein Schritttempo gesteigert. Immer schneller wurde sein Gang. Zuletzt rannte er fast.

»Nur heraus aus diesem unheimlichen Wald!«, murmelte er halblaut mit gepresster Stimme vor sich hin.

Da – endlich begann der Weg breiter zu werden, das Dickicht der Bäume und Büsche lichtete sich. Schließlich erreichte er eine breite Lichtung im Wald, an der sich die Straße vor ihm gabelte. Aufatmend verlangsamte er seine Schritte wieder.

Er blieb kurz stehen und sah sich noch einmal um. Finster ragten die Bäume des Waldes wie eine schwarze Wand rings um ihn her auf. Fux lief ein neuerlicher Schauer über den Rücken. Mit fahrigen Bewegungen versuchte er, seine Jacke enger um sich zu schlingen. Doch es nützte nicht besonders viel, da das durchnässte Gewebe ihm kaum noch Schutz vor der Kälte der Nacht bot. Sein Atem hing als weißer Dunst vor seinem Gesicht. Der Sommer schien sich tatsächlich von seiner schlechtesten Seite zeigen zu wollen! Fux begann mit seinen Zähnen zu klappern.

»Mann, wenn ich nicht schnellstens einen warmen, trockenen Unterschlupf finde, dann hole ich mir die schönste Lungenentzündung, die sich ein Mensch vorstellen kann!«

Er schaute sich suchend auf der Kreuzungslichtung um. Undeutlich erkannte er den schwarzen Schatten eines Wegweisers, genau an der Stelle, wo sich die Straße nach rechts und links gabelte. Fux ging auf das Schild zu und versuchte zu lesen, was daraufstand. Just in diesem Moment riss die dunkle

Wolkendecke über ihm wieder einmal auf und überschüttete die Lichtung mit silbernem Mondlicht.

»Perfektes Timing«, murmelte der Deutsche vor sich hin. »Wenigstens das klappt.«

Er konzentrierte sich auf die im schwachen Licht des Erdtrabanten nur schwer zu erkennenden Buchstaben des Richtungsweisers. Nach links, wohin sich die Waldstraße in ihrer bisherigen Breite fortsetzte, ging es offenbar in einen Ort namens »Upper Pemrington«. Bis dorthin sollten es noch fünf Kilometer sein. Keine besonders aufheiternden Aussichten! Nach rechts führte ein schmalerer Weg in die Dunkelheit davon. Fux entzifferte die Worte »Cadwrigham House, 2 km«. Da er von beiden Örtlichkeiten noch nie zuvor etwas gehört hatte, entschied er sich kurzerhand für das nähere Ziel. Allerdings seufzte er innerlich, als er an den noch zu absolvierenden Marsch von zwei Kilometern dachte, der ihm bevorstand.

Mürrisch setzte sich der Versicherungsmakler wieder in Bewegung. Nach einigen hundert Metern des eher gemächlichen Gehens verfiel er in einen leichten Dauerlauf. Er hatte die Hoffnung, dass ihm durch die Anstrengung des Laufens ein wenig wärmer werden würde.

Etwa eine Stunde verging so, immer im Wechsel zwischen Gehen und Laufen. So richtig warm wurde ihm allerdings nicht bei dieser Aktion.

Dann blieb er wieder einmal für einen kurzen Moment stehen, um einen Blick auf seine Armbanduhr zu werfen. Die schwach leuchtende Anzeige des digitalen Sichtfeldes zeigte ihm, dass es kurz vor Mitternacht war.

»Geisterstunde«, murmelte er gedankenverloren.

Gleich darauf musste er über sich selbst lachen.

Plötzlich aber stutzte er.

War da nicht ...?

Richtig – er hatte sich nicht getäuscht!

In der Ferne konnte er einen schwachen, flackernden Lichtschein ausmachen.

»Gott sei Dank!«, seufzte er erleichtert auf.

»Endlich ein Haus. Ich spüre vor lauter Nässe und Kälte ja schon fast meine Knochen nicht mehr.«

Seine Stimmung hatte sich mit einem Male schlagartig verbessert. Zügig schritt er voran, dem Lichtschein entgegen. Fux wollte sich eine Zigarette anstecken. Nach der Sache mit seiner Verlobten hatte er nämlich wieder mit dem Rauchen angefangen. Er griff nach der Schachtel in seiner Jackentasche. Verärgert stellte er fest, dass die allgegenwärtige Feuchtigkeit auch nicht vor seinen Zigaretten Halt gemacht hatte. Sie waren allesamt aufgeweicht und damit unbrauchbar geworden.

»Auch gut«, brummelte er griesgrämig vor sich hin.

Mit einer heftigen Handbewegung warf er die Schachtel von sich.

»Nichtrauchen ist sowieso viel gesünder.«

Unterdessen war er der Quelle des Leuchtens ein gutes Stück näher gekommen. Im fahlen Licht des Vollmondes, der gerade wieder einmal zwischen größeren Wolkenlücken hervorschaute, konnte er die dunklen Umrisse eines großen Hauses ausmachen. Es schien, als hätte Michael einen dieser vielen, kleinen englischen Herrensitze vor sich. Diese Gebäude glichen oft verschachtelten Burgen oder kleinen Schlössern. Unwillkürlich lief ihm ein Schauer über den Rücken, als er das Bauwerk besser erkennen konnte. Ferne Gedanken stiegen in ihm empor, Gedanken, die weit zurückreichten, in die Zeit seiner Kindheit.

»Pass auf!«, hörte er seinen großen Bruder rufen. »Im Keller und in alten Häusern wohnen immer Gespenster!«

Damals hatte er ihm mit diesen Ammenmärchen einen ungeheuren Schrecken einjagen können. Jahrelang hatte er sich nicht ohne Begleitung in den Keller des elterlichen Hauses hinuntergetraut. Dafür erntete er oft Spott und Hohn.

Seltsam, dass er sich ausgerechnet jetzt wieder daran erinnerte.

Dabei hatte dieses Gebäude vor ihm ganz gewiss nichts mit seinen Kindheitserinnerungen zu tun, wenngleich es auch ziemlich alt aussah.

Er konnte das Haus nun genauer betrachten. Es besaß dicke, graue Mauern aus grob behauenen Steinquadern und hatte zwei Stockwerke. An der Hausecke zu seiner Linken ragte ein kleiner, plump und gedrungen wirkender Turm empor, der völlig von wildem Efeu umrankt war. Das ganze Haus hatte eine Ausstrahlung, die irgendwie unheimlich und bedrohlich schien. Doch das mochte auch an der Dunkelheit und dem schlechten Wetter liegen. Nur kurz ließ Michael Fux diesen Eindruck auf sich einwirken, denn etwas anderes fesselte seine Aufmerksamkeit im Moment viel mehr: die erleuchteten Fenster im ersten Stockwerk!

»Hoffentlich lassen die mich überhaupt rein, so nass wie ich bin«, überlegte er laut.

Er zögerte einen Moment, sich dem Haus weiter zu nähern. Fast schien es so, als müsse er ein unsichtbares Hindernis, eine innere Stimme überwinden, die ihn von seinem Tun abhalten wollte. Fux wäre wohl noch eine ganze Zeit lang unentschlossen herumgestanden, doch der plötzlich wiedereinsetzende Regen beschleunigte sein Handeln.

8

Entschlossen trat er auf das riesige Portal zu, welches sich in der Mitte der Hausfront befand. Das dunkle, fast schwarze Holz der beiden mächtigen Türhälften erschien ihm wie ein finsterer Tunnel. Alles Licht wurde regelrecht verschluckt. Suchend blickte sich der junge Deutsche nach einem Klingelknopf um, konnte aber nichts Derartiges erkennen. So griff er schließlich nach einem bronzenen Türklopfer. Es war eine gehörnte Bestie oder irgendein anderes Fabelwesen, das ihn aus Gesichtshöhe heraus mit seiner Fratze höhnisch anzustarren schien.

Schwer schlug der Metallring, den das Fabelwesen in seinem raubtierähnlich gestalteten Gebiss hielt, gegen das massive Holz des Portals. Dumpf hallte der Schlag durch das alte Gemäuer. Unwillkürlich lief Michael ein Schauer über den Rücken. Er wartete einige Minuten, doch es rührte sich nichts. Also ließ er den Türklopfer ein zweites Mal gegen das Holz fallen. Wieder war der weit hallende Schlag zu vernehmen. Und kurz darauf vermeinte Fux das Geräusch von Schritten zu erkennen. Erwartungsvoll trat er ein wenig von dem Portal zurück. Wenn er insgeheim darauf gewartet hatte, dass sich die riesige Tür nun quietschend und knarrend öffnen würde, so wurde er jetzt enttäuscht. Leise, ja fast lautlos und mit unglaublicher Leichtigkeit schwang eine Hälfte des Portals nach innen auf. Ein Mann trat heraus, eine schmächtige, hochgewachsene Gestalt. Er war von unbestimmbarem Alter und hatte ein bleiches, ausgezehrt wirkendes Gesicht. Die beiden riesigen schwarzen Augen glühten in einem fiebrigen Feuer. Mit grimmigem Gesichtsausdruck musterten sie den durchnässten Mann vor der Tür.

»Was wollen Sie hier?«, zischte er nicht gerade freundlich hervor.

Er schien das Auftauchen von Fux als lästige Störung zu empfinden. Michael seinerseits hatte den Mann vor ihm mit großen Unbehagen in der Magengegend beobachtet. Einen Vertrauen erweckenden Eindruck machte er ja nicht gerade.

»Nun, junger Mann ...«, ergriff die hagere Gestalt vor ihm erneut das Wort, »... entweder Sie teilen mir jetzt Ihr Anliegen mit – oder Sie verschwinden wieder von hier!«

Mit diesen Worten drehte er sich ruckartig um und machte Anstalten, wieder im Inneren des alten Gemäuers zu verschwinden.

»Oh nein – Halt«, rief Fux nun hastig. »So warten Sie doch!«

Der Mann hielt in seiner Bewegung inne, dann wandte er Fux wieder sein Gesicht zu.

»Aha, man belieben also doch noch zu reden. Würden Sie nun die Güte haben, mir den Grund für diese späte Störung zu verraten?«, zischelte die seltsame Stimme des Mannes.

Der Blick, mit dem er Michael Fux musterte, schien irgendetwas Lauerndes an sich zu haben. Fux räusperte sich und begann dann, sein Auftauchen zu erklären.

»Ich hatte eine Panne mit meinem Auto. Es ist eine ziemlich weite Strecke von hier entfernt. Die Mistkarre hat mich einfach im Stich gelassen. Und dann habe ich mich auf die Suche nach einer Unterkunft für die Nacht gemacht. Dies ist das erste Haus, auf das ich gestoßen bin. Ich bin völlig durchnässt. Herrgott – das ist aber auch ein Wetter!«

Den letzten Satz stieß er ziemlich heftig hervor. Bei diesen Worten war sein Gegenüber zusammengezuckt, gerade so, als hätte er einen kleinen elektrischen Schlag erhalten. Michael bemerkte es wohl, schob es aber auf seinen Gefühlsausbruch. Aus zusammengekniffenen Augen starrte ihn der hagere Mann an.

»Und da bitten Sie ausgerechnet hier um Hilfe ...?«

Fux konnte sich irren, aber er vermeinte aus den Worten des Mannes so etwas wie leichten Spott herausgehört zu haben. Nun begann er langsam doch damit, sich über das Haus und den seltsamen Mann zu wundern. Er gab sich erneut einen innerlichen Ruck.

»In der Tat, es wäre nett, wenn ich hier den Rest der Nacht verbringen könnte. Morgen mache ich mich dann wieder auf die Suche nach einer Werkstatt.«

Er blickte den Mann erwartungsvoll an. Dieser hatte seine Augen geschlossen, so, als würde er angestrengt überlegen.

»Gut«, sagte er dann, auf seine eigentümliche, zischelnde Art. »Gut, Sie haben es selber so gewollt. Folgen Sie mir bitte.«

Mit diesen Worten drehte er sich um und schlurfte langsam ins Innere des Hauses zurück. Michael Fux wollte ihm folgen. Doch plötzlich war ihm wieder so, als ob eine innere Stimme ihn eindringlich zu warnen versuchte. Und wieder stiegen alte, längst verdrängt geglaubte Erinnerungen an kindliche Ängste in ihm empor.

»Was ist nun? Ich dachte, Sie wollten ein Nachtquartier haben?«, klang die nun ärgerlich wirkende Stimme des Mannes auf.

Fux schüttelte sich kurz und beschloss, diese Erinnerungsfetzen, die ihn in dieser Nacht immer wieder heimsuchten, von nun an zu ignorieren.

»Ich komme!«, rief er und betrat das Haus.

Hinter ihm schloss sich leise, wie von Geisterhand geführt, das schwere Holzportal.

Fröstelnd zog er den Kragen seiner Jacke zusammen. Es war ziemlich kalt im Inneren des Hauses. Vom anständigen Heizen hielten die Bewohner offensichtlich nicht allzu viel. Er folgte dem Mann durch eine große Halle, an deren Wänden etliche alte Bilder hingen. Die darauf abgebildeten Personen machten allerdings nicht gerade einen Vertrauen erweckenden Eindruck.

»Denen möchte ich aber auch nicht im Dunkeln begegnen«, murmelte Fux halblaut vor sich hin.

»Wie belieben?«

Die Stimme des älteren Mannes vor ihm ließ Fux zusammenzucken.

»Ich ... äh ... Ich habe ... mir nur überlegt, wer wohl in diesem prächtigen Haus wohnen könnte«, redete er sich schnell heraus.

Der Alte vor ihm wendete sich ihm kurz zu und setzte dabei ein äußerst würdevolles Gesicht auf.

»Dieses Anwesen wird bewohnt vom ehrenwerten Earl of Cadwrigham, seit mehr als 350 Jahren schon!«

»Aha«, machte Fux nur.

Eigentlich hatte ihn diese Auskunft überhaupt nicht interessiert. Und von diesem ominösen Earl hatte er sowieso noch nie etwas gehört. Allerdings amüsierte er sich im Stillen über die von seinem Gegenüber verwendete Formulierung. So wie der sich ausdrückte, hörte es sich ja an, als würde der Earl selbst schon seit 350 Jahren in diesem Gemäuer residieren.

»Sei's drum«, dachte er dann. »Wenn ich nur bald ein Bett habe, ich bin zum Umfallen müde.«

»Wenn Sie mir bitte die Treppe hinauf folgen würden?«

»Wie? Oh – ja, ich komme!«

Fux musste sich zusammenreißen. Die Müdigkeit sprang ihn jetzt förmlich an. Er schüttelte sich kurz, um wieder ein wenig munterer zu werden. Irgendwie übte dieses alte Haus einen beklemmenden Einfluss auf ihn aus. Immer wieder verfolgten ihn Bilder aus seiner Jugend. Und es waren immer Bilder von Erlebnissen, bei denen er große Ängste empfunden hatte. Endlich hielt der Alte, der wohl so etwas wie ein Butler war, vor einer breiten Türe aus dunkelbraunem Holz an.

»Hier ist Ihr Zimmer für diese Nacht, Mister ...?«

»Oh, entschuldigen Sie. Wie unhöflich von mir. Ich bitte Sie um Hilfe und stelle mich nicht einmal vor. Gestatten, Fux. Michael Fux. Ich bin ... Geschäftsmann, mache gerade hier in England Urlaub und komme aus Deutschland.«

»Also, Mister Fux«, sagte der Butler mit seiner unangenehm zischenden Stimme, »hier können Sie für diese Nacht schlafen.«

»Vielen Dank für Ihre Hilfe. Ich kann Ihnen gar nicht sagen, wie froh ich darüber bin«, bedankte sich der Deutsche.

Dann wollte er sich an dem Mann vorbei in das Zimmer schieben. Dieser hielt ihn jedoch mit einer seiner dürren, knochigen Hände an der Jacke fest. Das fiebrige Feuer in seinen Augen schien sich noch verstärkt zu haben.

»Wenn ich Ihnen einen guten Rat geben darf«, sagte er mit gesenkter Stimme, und eine Wolke fauligen Atems schlug Fux dabei entgegen, »dann bleiben Sie in dieser Nacht in Ihrem Zimmer. Verlassen Sie es auf keinen Fall. Egal, was immer Sie auch zu hören glauben!«

Dann ließ er Fux los und wandte sich zum Gehen. Unter der Tür drehte er sich noch einmal zu dem jungen Deutschen herum und grinste ihn mit geradezu teuflisch wirkender Miene an.

»Beherzigen Sie meine Worte, Mister Fux«, rief er noch einmal in beschwörendem Tonfall. »Gute Nacht, und ... ruhen Sie sanft!«

»Ja, gute Nacht«, murmelte Fux, verwirrt und halb geistesabwesend. Dann drückte er die Tür ins Schloss. Anschließend lehnte er sich mit seinem Rücken dagegen und atmete erst einmal tief durch.

»Verrückt!«, sagte er dann und schüttelte fassungslos seinen Kopf. »Der Kerl muss vollkommen verrückt sein! Und seine Zähne könnte er sich auch mal wieder putzen. Der stinkt ja aus dem Maul wie ein toter Gaul!«

Über seinen Schüttelreim grinsend, begann er nun sein Zimmer näher in Augenschein zu nehmen.

Es war für seinen Geschmack ziemlich altertümlich eingerichtet. Dieser Earl musste also von recht antiquiertem Gemüt sein. Außerdem lag über allem eine dicke Staubschicht, gerade so, als wäre der Raum schon seit Ewigkeiten nicht mehr benutzt worden. Michael rümpfte die Nase. Es roch muffig, ja fast modrig. Er trat mit ein paar schnellen Schritten zum Fenster, um es zu öffnen, und um ein wenig Frischluft hereinzulassen. Doch der metallene Verschlussriegel ließ sich um keinen Millimeter bewegen.

»Dann lassen wir das eben bleiben«, brummelte er verdrossen vor sich hin.

Als er an den offenen Kamin des Zimmers herantrat, stellte er fest, dass er recht gut mit Holz bestückt war. Suchend blickte er sich um, und zu seiner Freude fand er nach wenigen Augenblicken tatsächlich eine Schachtel mit Streichhölzern. Bald darauf verbreitete ein lustig prasselndes Feuer eine behagliche Wärme in dem Schlafgemach. Fux konnte sich nun endlich die nassen Kleider auszuziehen. Er hängte sie über einen Sessel, den er dicht bis vor den Kamin geschoben hatte. Die Hitze des Feuers würde die Kleidungsstücke schnell trocknen. Anschließend widmete er sich dem Bett, das er gründlich ausschüttelte. Staubschwaden wallten auf und brachten ihn zum Husten. Trotzdem gelang es ihm, Bettdecke und Kopfkissen einigermaßen von Staub und Schmutz zu befreien.

Müde kletterte er, nackt wie er war, ins Bett und zog sich die Decke bis an die Ohren hoch. Es dauerte nicht lange, da verrieten seine langen und gleichmäßigen Atemzüge, dass er eingeschlafen war. Es sollte allerdings kein ungestörter Schlaf sein. Unruhig wälzte er sich im Bett hin und her. Alpträume quälten ihn, hatten ihren Bann über ihn geworfen.

Kurz nach 2.00 Uhr in der Frühe wachte er plötzlich auf. Eine Gänsehaut lief ihm eiskalt über den Rücken. Michael konnte keine Erklärung dafür finden, denn im Zimmer war es angenehm warm. Die glühenden Holzscheite im Kamin tauchten den Raum in ein sanftes, orangefarbenes Licht. Mit einem lauten Gähnen blickte er auf seine Armbanduhr. Dann zuckte er kurz mit seinen Schultern und drehte sich wieder auf die Seite, um weiterzuschlafen.

Da hörte er das Geräusch!

Für einen kurzen Moment lang hielt er die Luft an und lauschte gebannt. Erneut klang es auf: ein langgezogenes, qualvoll hallendes Stöhnen. Fux erschauerte bis ins Mark seiner Knochen hinein. Das Geräusch vermittelte den Eindruck, als würde in den unbekannten Tiefen dieses alten Gemäuers ein Mensch oder eine andere gepeinigte Kreatur sein Leid herausklagen. Michael überlegte einige Sekunden lang, ob er aufstehen und nachsehen sollte. Da kam ihm die Warnung des verrückten Butlers in den Sinn. Schließlich gab er sich einen Ruck und schwang seinen Körper entschlossen aus dem warmen Bett. Im Halbdunkel des Zimmers tastete er nach seinen Kleidungsstücken. Sie fühlten sich trocken und warm an, und so schlüpfte er schnell hinein. Leise schlich er gleich darauf zur Tür. Er legte sein Ohr dicht an das Holz und lauschte erst einmal. Wieder vernahm er jenes schauerliche Stöhnen.

Unendlich langsam und vorsichtig drückte Fux die schwere schmiedeeiserne Klinke herunter und öffnete die Tür einen schmalen Spalt. Mit einem Auge spähte er auf den Gang hinaus, doch er konnte nirgendwo etwas Ungewöhnliches entdecken.

Schnell schlüpfte er durch die Tür auf den Gang. Das Stöhnen war nun weitaus deutlicher zu hören. Schauerlich hallte es durch die Räume und Gänge des alten Gemäuers. Unwillkürlich begann der junge Mann zu frösteln. Vorsichtig setzte er sich auf dem dunklen Gang in Bewegung und huschte wie ein Schemen die breite Treppe hinunter. In der Halle mit den Bildern hielt er kurz inne, um erneut zu lauschen. Das Stöhnen wies ihm den weiteren Weg. Es führte ihn quer durch die Halle, einen schmalen, hohen Gang entlang, bis vor eine kleine, rechteckige Tür. Offensichtlich schien sich dahinter ein Abstieg in die dunklen Tiefen des alten Hauses zu befinden. Mit vor Aufregung heftig klopfendem Herzen verharrte Fux vor dieser Tür. Sollte er sie öffnen? Sollte er dem Geheimnis, welches dahinter verborgen sein mochte, nachspüren? Er fühlte förmlich, dass hinter dieser Tür etwas Unheimliches, Alptraumhaftes auf ihn lauerte. Erneut erscholl das Stöhnen, diesmal dumpf und hohl klingend. Als wenn er unter einem innerem Zwang stünde, brachte Fux seine Hand näher und näher an einen kleinen Riegel heran, der die Tür vor ihm verschloss. Gleich darauf gab es einen kurzen Ruck, dann schwang die geheimnisvolle Tür knarrend vor ihm auf. Dahinter gähnte der dunkle Schlund eines Treppengewölbes, das geradewegs in den finsteren Schlund der Hölle zu führen schien. Dumpfe, abgestandene Luft, mit einem modrigen Beigeschmack versehen, schlug dem Deutschen entgegen.

Einen Moment lang zögerte er noch, wagte es nicht, in dieses finstere Loch hinabzusteigen. Immerhin würde er sich mit großer Wahrscheinlichkeit einige Knochen brechen, wenn er in dieser Dunkelheit ausrutschte. So tastete er erst einmal vorsichtig die Wand rechts und links des Einganges ab, in der Hoffnung, einen Lichtschalter zu finden. Suchend glitten seine Finger dabei über raues Mauerwerk. Einen Schalter konnte er jedoch nicht entdecken. Dafür ertastete er ein armlanges Stück Holz, welches in einem metallenen Haltering steckte.

»Wenigstens *ein* Lichtblick«, murmelte er vor sich hin. »Und wenn es auch bloß eine Fackel ist!«

Glücklicherweise befand sich die Schachtel mit den Kaminstreichhölzern in einer seiner Hosentaschen, denn nach dem Anzünden des Feuers in seinem Zimmer hatte er diese in Gedanken eingesteckt. Ein typischer Reflex eines Rauchers. Der Versicherungsmakler entzündete das erste Feuerholz und versuchte, damit die Fackel in Brand zu stecken. Doch das wollte nicht gelingen. Auch beim zweiten Mal klappte es nicht. Erst nach dem dritten Versuch fing das mit einem dicken Wachstuch umwickelte Holz endlich Feuer. Zuckend erhellte flackernder Feuerschein die Umgebung. Fux hielt die brennende

17

Fackel tiefer in den dunklen Treppengang hinein. Nun konnte er die schmalen Steinstufen erkennen, die steil vor ihm in die Tiefe hinabführten. Immer noch ein wenig zögerlich setzte er einen Fuß auf die erste Treppenstufe. Als ob das ein geheimes Signal gewesen wäre, erscholl im gleichen Moment wieder das qualvolle Jammern und Stöhnen. Doch diesmal schien es so nahe zu sein, dass Fux erschrocken zusammenzuckte und seinen Fuß reflexartig zurückzog.

In einer ersten panikerfüllten Reaktion wollte er umkehren, um sich in sein Zimmer zurückzuziehen. Doch dann siegte die Neugier über seine Angst. Langsam und vorsichtig begann er mit dem Abstieg über die feuchten, schlüpfrigen Treppenstufen, hinab in die Finsternis des alten Landsitzes. Die Treppe schien unendlich zu sein. Mit jeder Stufe mehr, die er abwärtsgestiegen war, verstärkte sich ein Gefühl in ihm, dass dort im Dunkeln etwas Unheimliches auf ihn warten würde. Fast kam es ihm so vor, als würde die Dunkelheit rings um ihn herum immer kompakter, ja nahezu greifbar werden. Es schien ihm, als hätten sich die Blicke von Tausenden verborgener Augenpaare auf ihn gerichtet. Sein Herz schlug ihm bis zum Hals, und er musste mehrmals trocken schlucken. Die Kehle war ihm von der Anspannung, die ihn in ihrem Bann hielt, völlig ausgetrocknet. Sein Magen schien nur noch aus einem eiskalten Klumpen zu bestehen. Dann war die Treppe mit einem Male zu Ende. Für Fux kam dies so überraschend, dass er um ein Haar der Länge nach hingeschlagen wäre. Er strauchelte kurz, konnte sich aber gerade noch an der feuchten Wand des finsteren Kellerganges abstützen.

Wieder erscholl jenes unheimliche Jammern. Diesmal schien es sich in unmittelbarer Nähe von ihm zu befinden. Das mochte täuschen, denn durch die besondere Bauweise solch alter Gänge entwickelten sich manchmal geradezu groteske akustische Phänomene. Trotzdem wollte es Fux auf einen Versuch ankommen lassen. Er nahm all seinen noch vorhandenen Mut zusammen.

»Hallo ...?«, rief er in die Dunkelheit hinein, die vom flackernden Schein der langsam abbrennenden Fackel nur spärlich erhellt wurde.

»Hallo – ist dort jemand?«

Abrupt brach das herzzerreißende Jammern ab.

»Hallo?«, rief Fux erneut, diesmal ein wenig lauter als zuvor. »Ich bin hier, um Ihnen zu helfen!«

Gespannt wartete er auf eine Reaktion. Doch zu seiner großen Enttäuschung bekam er keine Antwort. Als er jedoch angestrengt lauschte, konnte er deutlich jemanden atmen hören, sehr schnell und in einer keuchenden, angstvollen Weise.

Der Deutsche tastete sich in der Richtung weiter den Gang entlang, von woher er die Geräusche vernehmen konnte. Kurz darauf gelangte er an eine aus grobem Holz gezimmerte Bohlentür. Wieder lauschte er, und nun hörte er es deutlich: Irgendjemand musste sich hinter dieser Tür befinden. Und nach all dem, was er bis jetzt gehört hatte, befand sich diese Person in einem Zustand größter Angst, um nicht zu sagen Panik. Im schummrigen Fackellicht suchte der junge Deutsche nach einem Riegel oder einem Schloss. Doch das Einzige, was er finden konnte, war ein großer, bronzener Ring, der in einer Öse an der Tür befestigt war. Mit seiner freien Rechten griff er danach und zog daran. Knarrend und ächzend begann sich die Tür langsam zu öffnen. Schließlich schwang sie mit schauerlich quietschenden Scharnieren vollständig auf. Fux hob seine Fackel nach oben und trat in den kleinen Raum hinein, der sich hinter der nun offenen Tür befand.

Sein Blick fiel auf einen schmächtigen, völlig verdreckten Mann, der ihm geblendet entgegenstarrte. Der Unbekannte war total abgemagert, seine Haut von Hunderten entzündeter Pusteln übersät. Die Beine steckten in schweren Eisenklammern, die wiederum über massive Ketten gleichen Materials fest mit dem Mauerwerk verbunden waren. Ein unglaublicher Gestank von Moder, Körperdunst und Fäkalien schlug Michael Fux entgegen.

»Wer ... wer ist denn da?«, rief ihm der Angekettete mit heiserer, krächzender und fragender Stimme entgegen. Seine Augen blinzelten heftig, geblendet vom Fackellicht

»Sind Sie es, Earl? Bringen Sie mir endlich etwas zu essen?«

Flehend reckte er Fux seine ausgemergelten Hände entgegen, und seine Stimme bekam einen weinerlichen Unterton, als er weitersprach.

»Bitte! Ich habe seit Tagen nichts mehr gehabt ... Bitte!«

Michael war erschüttert. Was um Himmels willen, was ging hier, in diesem seltsamen englischen Landsitz, bloß vor sich?

Er räusperte sich.

»Leider habe ich nichts zu essen bei mir«, sagte er mit rauer, belegter Stimme zu dem abgemagerten Mann. »Ich konnte ja nicht ahnen, was mich hier unten erwarten würde!«

Gleich darauf bemerkte er verwundert, wie der Mann vor ihm erschrocken zusammenzuckte und seine Augen aufriss.

»Sie ... Sie haben es nicht gewusst?«, fragte er zittrig und angsterfüllt.

»Sind Sie ... etwa von draußen?«

»Ja ... «, antwortete Fux, nun zunehmend verwirrter.

»Aber was ...?«

Er kam nicht mehr dazu, seine Frage zu vollenden, denn der ausgemergelte Mann schrie nun von Panik erfüllt auf.

»Weg!«, kreischte er hysterisch. »Verschwinden Sie. Gehen Sie. Schnell!«

Fux war nun total perplex und begriff gar nichts mehr.

»Aber nein, ich werde Sie befreien!«, entgegnete er dann voller Entschlossenheit.

»Oh mein Gott – nein, nur das nicht ... «

Der unbekannte Mann war in ein bitteres Schluchzen ausgebrochen, und ein paar Tränen rannen ihm über die schmutz- und blutverkrusteten Wangen hinab.

»Bitte gehen Sie doch. Sonst ist alles zu spät ... zu spät ...«

Nun wurde es Fux langsam zu bunt.

»Verdammt noch mal – vielleicht sagen Sie mir endlich, was hier eigentlich gespielt wird und wer Sie hier angekettet hat!«, rief er ärgerlich.

»Der ... der Earl war es ...«, antwortete der Mann zögernd. »Aber fragen Sie nicht länger. Dieser Teufel wird ... verlassen Sie das Haus. Bitte!«

»Warum soll ich das Haus verlassen? Ich verstehe die Welt nicht mehr!«

Fux schüttelte fassungslos seinen Kopf. Da wollte er einem offensichtlich gefangenen und gequälten Menschen Hilfe leisten, doch dieser wollte diese Hilfe gar nicht. Die gesamte Situation erschien ihm geradezu grotesk.

Da raffte sich der Mann ein wenig auf, beugte sich vor und griff mit zittriger Hand nach der Hose des Deutschen.

»Wenn Sie nicht sofort verschwinden ...«, begann er hastig zu flüstern, »... dann holt sich dieser Teufel auch meine Seele. Und um Sie ist es dann auch geschehen. Also gehen Sie, schnell!«

Er schien noch etwas hinzufügen zu wollen, doch erschrocken hielt er inne. Mit vor Entsetzen weit aufgerissenen Augen starrte er in Richtung der Tür.

Von einer bösen Ahnung gepackt, wirbelte Fux herum. In der Türöffnung stand ein großer, massig wirkender Mann. Er war ganz in Schwarz gekleidet, und von ihm ging eine geradezu bedrohliche Aura aus, die mit ihrer Kälte den ganzen kleinen Kerkerraum auszufüllen schien. Mit glühenden Augen starrte er die beiden Männer an. Dann entrang sich seiner Brust ein dumpfes Lachen.

»Zu spät!«, grollte der Unheimliche.

»Mr. Fux, Sie hätten besser auf die Warnungen meines ... anderen Gastes hören sollen. Nun aber ist es zu spät!«

»Hören Sie, ich wollte nicht ...«, begann Fux mit einer Erklärung.

»Schweigen Sie!«, unterbrach ihn der Earl barsch. Es konnte niemand anderes sein als der Earl, der Herr von Cadwrigham House.

Die unheimliche Gestalt wandte sich nun dem Angeketteten zu.

»Dein Schicksal wird sich nun erfüllen!«

Mit seiner linken Hand begann er damit, sonderbare Zeichen in die Luft zu schreiben. Mit einem Mal fühlte sich Fux von einer seltsamen Lähmung befallen. Er war nicht mehr dazu imstande, auch nur ein Glied zu rühren oder zu blinzeln.

Der Earl betrat nun den Kerkerraum und schritt an ihm vorbei auf den Angeketteten zu. Dieser presste sich mit angstverzerrtem Gesicht gegen die Mauer des Verlieses. Doch diese konnte ihm keinen Schutz bieten. Der schwarz Gekleidete packte den Mann mit einer Hand und hob ihn hoch, als ob er völlig gewichtslos wäre. Voller Grauen musste Fux zusehen, wie sich spitze Zähne in den Hals des Wehrlosen bohrten. Ein markerschütternder Schrei erfüllte das dunkle Gewölbe. Von dem schwarzen Monster ging ein genüssliches Schmatzen und Schlürfen aus.

Fux würgte heftig. Rote Schleier wallten vor seinen Augen auf und ab. Er meinte, umkippen und hinfallen zu müssen. Doch unerklärliche, unsichtbare Kräfte hielten ihn aufrecht und zwangen ihn, das unwirkliche und grausame Geschehen mitanzusehen. Der Vampir – denn um so ein Wesen musste es sich bei dem Earl ja wohl handeln – löste sich nun vom Hals seines Opfers. Mit einer einzigen kurzen Handbewegung ließ er die Eisenklammern aufspringen, die bis dahin dessen Füße umschlossen gehalten hatten. Danach warf er den Toten achtlos in die Mitte des Raumes. Wie auf Kommando stürzten nun aus im Dunkeln verborgenen Nischen und Winkeln widerliche Kreaturen hervor, die der Phantasie eines irrsinnig gewordenen Künstlers entsprungen zu sein schienen. Diese Höllenbrut stürzte sich gierig auf den Leichnam und zerfetzte ihn mit Klauen und Krallen. Ihr Schmatzen und das Krachen und Knirschen der berstenden Knochen vermischte sich in Fux' Kopf zu einem wahren Höllenkonzert. In seinen Adern schien das Blut gefrieren zu wollen. Und noch immer konnte er sich nicht bewegen, konnte die Augen nicht schließen. Ob er wollte oder nicht, er musste alles mitansehen. Hier schienen alle seine schlimmsten Alpträume Wirklichkeit geworden zu sein. Nie hatte er an okkulte oder magische Dinge glauben wollen. Doch nun wurde er auf so eine grauenhafte Art und Weise eines Besseren belehrt. Blut spritzte durch den Kerker und besudelte sein Gesicht. Da erlosch der Bann, der ihn bisher eisern in seinem unsichtbaren Griff gehalten hatte. Michael Fux sackte haltlos zu Boden und übergab sich würgend. Dann versank er übergangslos in eine tiefe Bewusstlosigkeit.

Als er wieder erwachte, spürte er, wie etwas Kaltes und Hartes seine Fußgelenke umschloss. Von bösen Ahnungen gepackt, tastete er mit seinen Händen danach.

Es waren die Eisenklammern – er war angekettet! Nun saß er an der gleichen Stelle, an welcher bis vor kurzem noch jener bedauernswerte Mann gelegen hatte, den die Bestien der Finsternis vor seinen Augen zerfetzt hatten. Da ertönte ein leises Rascheln, welches ihn erschrocken zusammenzucken ließ. Vor ihm stand der schwarz gekleidete, unheimliche Earl. Ein Paar rotglühender Augen mit schwarzen Pupillen darin starrten ihn an.

»Nun, wie gefällt Ihnen Ihr neues Domizil?«, lachte er höhnisch und machte dabei eine Armbewegung, die das gesamte Kellergewölbe einschloss.

»Machen Sie mich sofort los!«, schrie Fux unbeherrscht auf. »Sonst ... sonst ... «

Seine Stimme versagte ihm den Dienst. Dröhnendes Lachen war die Antwort und peinigte seine Ohren.

»Nichts ›sonst‹. Sie werden sich damit abfinden müssen, dass Sie ab sofort mein ›Gast‹ sind.

Jedenfalls so lange, bis ich wieder einmal Besuch bekomme. Und dann ...«

Er machte eine bezeichnende Geste. Fux sackte schluchzend in sich zusammen.

Da begann der Unheimliche wieder auf seine grausige Art zu lachen. Er lachte, immer lauter, immer heller, während er sich in eine rot und gelb lodernde Stichflamme verwandelte. Eine Rauchwolke nahm Fux die Sicht, und es stank fürchterlich nach Schwefel, so dass er krampfhaft husten musste. Das schäbige Lachen des Earls aber dauerte an und hallte mit schaurigem Echo von den feucht glänzenden Steinwänden des Kerkers wider. Schließlich wurde aus dem Lachen ein Kreischen und aus dem Kreischen eine Stimme – eine Stimme, die seinen Namen zu rufen schien.

»... Michael ... Michael ... Michael ... Michael!«

Fux dachte in diesem Moment, dass er endgültig den Verstand verlieren würde, denn die Stimme schien direkt in seinem Kopf zu entstehen. Er blinzelte in die Dunkelheit seines Kerkers hinein, die nur unwesentlich von einer langsam verglühenden Fackel an der Wand erhellt wurde. Der unheimliche schwarze Earl war verschwunden. Aber die Stimme hallte noch immer in seinen Gedanken. Der Deutsche schüttelte benommen seinen Kopf, konnte aber das Rufen in seinem Innern dadurch nicht abstellen. Im Gegenteil, es wurde immer deutlicher.

»Michael ... Michael Fux ... ich rufe dich ... kannst du mich hören?«, klang es eindringlich.

In seinen Gedanken tauchte kurz das undeutliche Bild einer schlafenden rothaarigen Frau auf.

»Was ... was ist das?«, stammelte er leise wimmernd vor sich hin. »Eine neue Teufelei?«

»Halte durch, Michael Fux. Ich habe deine Not gespürt, und ich werde versuchen, dir zu helfen!«

»Mir helfen?«

Fux kicherte vor sich hin. Offensichtlich befand er sich schon in den Klauen des Wahnsinns und hörte Stimmen von Leuten, die gar nicht da waren.

»Du bist nicht übergeschnappt. Es gibt mich wirklich. Ich werde dir helfen. Halte durch ... halte durch ... halte durch ...«

Die Stimme in seinem Kopf begann zu verwehen und wurde immer leiser.

»Nein, geh nicht, bleib!«, schrie der junge Deutsche gequält auf.

»Bleib doch!«, heulte er dann und sackte wieder in sich zusammen. Tränen rannen über seine schmutzigen Wangen. »Bleib doch. Lass mich nicht allein ...«

Doch es kam keine Reaktion mehr. Die Dunkelheit und das Entsetzen brachen erneut mit aller Gewalt über ihn herein, und Hoffnungslosigkeit ergoss ich über Michael wie eine Sturzflut. Es konnte nicht anders sein, als dass die Stimme in seinem Hirn nur der Versuch seines Verstandes war, sein vorgezeichnetes Schicksal nicht akzeptieren zu müssen. Er würde hier sterben, von den Kreaturen der Verdammnis zerrissen und geschändet. Keine Menschenseele würde je erfahren, was mit ihm geschehen war. Michael Fux hatte Angst. Eine so entsetzliche Angst, dass sie mit tödlicher Eiseskälte in seinen Körper kroch, ihn würgen und sich übergeben ließ.

Aber noch lebte er. An diese letzten Minuten seines Lebens würde er sich mit aller Gewalt klammern, denn es war das Einzige, was er noch hatte. Als Fux aufhörte zu schluchzen und zu weinen, umfing ihn eine bleierne Stille, die Stille vor dem Tod. Wie lange er noch leben würde, wusste er nicht. Eines war ihm jedoch klar: wenn die Stille enden würde, dann endete auch sein Leben.

Es war dunkel und stickig in dem nahezu quadratischen Raum, die Luft gesättigt vom penetranten Duft glimmender Kräuter, deren bläuliche Rauchschwaden von vier Holzkohleschalen aus aufstiegen, die in jeweils einer der vier Ecken des Zimmers aufgestellt waren. Durch einen schmalen Spalt zwischen muffigen und zerschlissenen Vorhängen drang ein Strahl trüben, rasch schwindenden Abendlichtes in den düsteren Raum hinein. Dieses Licht genügte, um silberne Symbole, Pentagramme, Buchstaben und Zeichen, die Wände und Boden über und über bedeckten, geheimnisvoll schimmern zu lassen. Der Lichtstrahl selbst endete über einem breiten Bett im Zentrum des Zimmers. Die Liegestatt war etwa eineinhalb Meter breit und zwei Meter lang. Rundherum umgab sie ein schmaler, geschlossener Kreis aus rotem und grauem staubähnlichen Material. Im schwachen Dämmerlicht war die schlanke Gestalt einer jungen Frau zu erkennen, die auf dem Bett in der Raummitte schlief. Sie lag auf dem Rücken, und eine dünne, seidig wirkende Decke zeichnete sanft die Konturen ihres nackten und wohlproportionierten Körpers nach. Ihr schulterlanges, gelocktes Haar umgab ihren Kopf wie ein feuerroter Heiligenschein. Auf ihrer hübschen und jugendlich glatten Stirn perlten dicke Schweißtropfen.
Unruhig wälzte die schlafende Frau ihren Kopf hin und her. Dazu vollführten ihre Augen unter den geschlossenen Lidern einen wilden Tanz. Zwischen

den vollen, roten Lippen ihres sinnlich geformten Mundes drang dann und wann ein lang gezogenes Keuchen oder ein gepeinigtes Stöhnen. Schauer durchliefen den Körper, immer und immer wieder. Es schien, als würde sie pausenlos von schweren, quälenden Alpträumen geplagt werden.

Und so verhielt es sich tatsächlich. In ihren ruhelosen Gedanken tobte ein grauenvoller Kampf. Sie sah sich in einem hellen Raum sitzen, in der Gegenwart einer Frau, von der sie das fast übermächtige Gefühl hatte, ihr sehr nahe zu stehen. Überwältigende Wellen von Liebe und Zuneigung, die von der Gestalt auf sie übersprangen, erfüllten sie mit einem tiefen Gefühl der Geborgenheit und Sicherheit. Doch schlagartig fielen finstere, drohende Schatten über dieses Bild des Glückes und der Harmonie. Dunkelheit senkte sich über sie und die andere Frau, der sie sich in so großer Zuneigung verbunden fühlte. In ihren Gesichtszügen erschien schlagartig panische Angst. Eine seltsame, lähmende Kälte machte sich breit und ließ den Atem zu weißen Wölkchen gefrieren. Plötzlich war es, als hätten dunkle Abgründe ihre Pforten geöffnet. Fauliger, Übelkeit erregender Geruch breitete sich aus, und gleich darauf strömten aus allen Fenstern und Türen schreckenerregende Gestalten, die einem verrückten Alptraum entsprungen zu sein schienen, auf die beiden Frauen zu und drangen auf sie ein. Dunkle Schemen, halb Mensch, halb Ungeheuer, mit triefenden Lefzen und rot glühenden Augen umringten sie, und deren stinkender Atem raubte ihnen fast die Sinne. Die Träumerin fühlte sich gepackt, und sie sah, dass die andere Frau ergriffen und von ihr fortgezerrt wurde.

»Crystal!«

Den Schrei hatte die andere Frau ausgestoßen, und plötzlich wusste die Träumerin, dass es ihr eigener Name war, der dort gerufen wurde.

»Tötet sie!«

Diese hasserfüllte Stimme gehörte einer weiteren Gestalt, die von einem Moment zum anderen im Traumgeschehen aufgetaucht war. Es handelte sich ebenfalls um eine Frau, schlank, groß, mit wallender, schwarzer Mähne und einem Gesicht, das auf schaurige Weise zugleich wunderschön und abstoßend hässlich war. Zwischen den Leibern der ekelhaften Chimären hindurch nahm sie wahr, dass diese unwirkliche Gestalt mit ausgestrecktem Arm auf die andere Frau hinüberzeigte. Angst um diese Person wallte in Crystal hoch, ließ ihr Herz zusammenkrampfen. Tränen schossen in ihre Augen, und mit einem Mal wusste sie, wer es war, der dort getötet werden sollte.

»Mutter, nein!«, schrie sie in Panik in den Raum hinein, und für einen kurzen Moment schien es, als würden ihre Worte allein eine Bresche in die Masse der dunklen Leiber schlagen.

Sie erhaschte einen Blick auf das gütige Gesicht ihrer Mutter, und ihre Seelen verschmolzen für einen kurzen, aber intensiven Augenblick miteinander.

»Es wird alles gut werden, mein Kind«, hörte sie ihre sanfte Stimme. »Blicke nur nach vorne und trauere nicht. Der Tag kommt, an dem du alles verstehst!«

Dann schrie sie gepeinigt auf, als die Bestien begannen, mit ihren Klauen und Fängen auf sie einzuschlagen und sie zu zerfetzen. Crystal wurde von Weinkrämpfen geschüttelt, und vergeblich versuchte sie, ihre Hände freizubekommen, damit sie sich die Ohren zuhalten konnte. Doch sie musste den grausamen Tod ihrer Mutter mitanhören, mitansehen. In die Todesschreie hinein mischte sich das gehässige Lachen dieser seltsamen weiblichen Figur, die wie eine Statue an einer Wand des Raumes stand. Zorn stieg in Crystal empor. Elementarer Zorn auf diese Person, die kalt lächelnd den Tod ihrer Mutter befohlen hatte. Dieser Zorn verlieh ihr Kraft, und sie wehrte sich immer erfolgreicher gegen die klammernden Griffe der schwarzen Ungetüme. Fast wäre es ihr gelungen, sich zu befreien. Doch dann erschien eine weitere düstere Gestalt, die geradewegs aus einer Feuersäule, die aus dem Nichts erschienen war, neben die fremde Frau trat.

»Sie ist stark!«, sagte diese zu dem hinzugekommenen, in düsteres Schwarz gekleideten Mann. »Ich kann sie fast nicht mehr halten.«

»Gemeinsam werden wir es schaffen, Lilith!«, antwortete die leichenblasse Erscheinung mit unangenehm schnarrender Stimme.

»Und dann bringen wir sie zu mir nach Cadwrigham House, bis wir wissen, wie wir sie auf unsere Seite ziehen und für unsere Zwecke einspannen können!«

Der Mann lachte schallend, und die Lilith genannte Frau fiel kichernd mit ein. Für gewöhnlich endeten Crystals Träume nach dem Auftritt des Herrn von Cadwrigham House. Danach fiel sie meist in eine Phase traumlosen Tiefschlafes, bis der ganze grässliche Alp wieder von vorne begann. Doch dieses Mal war alles anders. Sie beruhigte sich nicht wieder, sondern weinte im Schlaf. Ihr nackter Körper wurde unter der Decke von heftigen Krämpfen geschüttelt.

»Mutter, nein. Tut ihr das nicht an!«, flüsterte sie dabei immer wieder, während sie sich im Bett hin und her wälzte.

Crystal kämpfte im Traum gegen die Umklammerung, die ihren Geist in diesem Schlaf gefangen hielt, an. In gleichem Maße glühten die Symbole und Zeichen an Wänden und Decken auf, verstärkten ihre Wirkung auf die Traumgefangene. Der nun nachtdunkle Raum wurde dadurch in einen geisterhaften, silbrigen Schimmer gehüllt. Einige Zeit lang wogte dieser unsichtbare Kampf hin und her, dann schien der magische Bann wieder die Oberhand zu gewinnen. Der Körper von Crystal beruhigte sich, ihr Atem wurde langsamer und die Traumgedanken in ihrem Gehirn zerfaserten zu nur noch schwer fassbaren Bildern.

Crystal dämmerte dem Schwarz des tiefen Schlafes entgegen, an dessen Ende wieder der Beginn des gleichen Alptraumes stehen würde. Doch plötzlich drängten Gedanken in ihr gefangenes Bewusstsein hinein, so klar, so drängend, dass sie von einer fast schmerzhaften Intensität waren. Bilder, Eindrücke, Gerüche und Geräusche füllten mit einem Mal ihren Kopf, so vielfältig, dass sie einige Momente benötigte, um ein wenig Ordnung in das Chaos zu bringen. Crystal versuchte zu ergründen, woher diese fremde Gedankenwelt auf sie einströmte, und musste zu ihrer großen Überraschung feststellen, dass sie geistig mit einem ihr Unbekannten, zugleich aber merkwürdig vertraut scheinenden jungen Mann verbunden war.

Er musste Todesängste ausstehen, ähnlich jenen, von denen Crystal immer in ihren Alpträumen gequält wurde. Die junge Frau versuchte, sich auf das zu konzentrieren, was der Mann mit seinen Augen wahrnahm. Im nächsten Moment durchzuckte sie so etwas wie ein elektrischer Schock. Sie erkannte die dunkle, Furcht einflößende Gestalt, die eben im Blickfeld des Mannes erschienen war. Das gleiche blasse Gesicht, die gleichen unheimlich roten Augen. Es war der Mann, der auch am Tode ihrer Mutter und der anschließenden Entführung Crystals maßgeblich beteiligt gewesen war: der Earl of Cadwrigham. Im nächsten Moment bekam sie mit, was sich Schreckliches in der Kerkerkammer abspielte. Die Pein, die Abscheu und die Angst des jungen Mannes, von dem sie jetzt aus seinen eigenen Gedanken wusste, dass er Michael Fux hieß, war in diesem Moment die ihre. Sie stemmte sich im Geiste gegen das Geschehen, kämpfte dagegen an, wollte verhindern, dass die scheußliche schwarze Brut über die arme angekettete Kreatur in Fux' Blickfeld so herfielen, wie sie es bei ihrer Mutter getan hatten. Doch sie konnte es nicht verhindern. Crystals schlafender Körper bäumte sich währenddessen im Bett auf. Gleichzeitig begannen die magischen Zeichen und Symbole an Decken und Wänden immer greller in einem kalten, weißen Licht aufzuglühen. Die Luft knisterte, und es roch nach Ozon. Urplötzlich, ohne Vorankündigung und wie von einer unsichtbaren Schnur gezogen, richtete sich Crystals Oberkörper senkrecht auf. Langsam, fast in Zeitlupe, hoben sich beide Arme bis in die Waagerechte, und die Innenflächen ihrer Hände wiesen mit abwehrender Geste zu den Wänden hin. In dem Maße, wie die junge Frau im Geiste gegen das grausige Geschehen und damit gegen die magischen Fesseln ankämpfte, die sie im Traum gefangen hielten, glühten auch die Symbole im Raum heller und greller auf. Das gesamte Zimmer, in dem das Bett der Entführten stand, war nun bis in den letzten Winkel von einem harten, weißen, kalkartig erscheinenden Licht erfüllt. Von dem zweifarbigen Kreis, der Crystals Liegestatt lückenlos umgab, begann grauer, stinkender Rauch aufzusteigen. Grüne Blitze fremdartiger Energie zuckten aus dem nackten Körper der immer noch schlafenden Frau hervor und schlugen zischend in Decken und Wände ein, woraufhin die Symbole und Zeichen noch einmal ihre Leuchtkraft erhöhten. Hier tobte ein Kampf, den der normale Verstand nicht mehr zu begreifen vermochte, ja den selbst Crystal, hätte sie bewusst wahrgenommen, was sich in diesem Zimmer abspielte, nicht erklären könnte. Für sie war es nur der Versuch, die Fesseln abzuschütteln, die sie lähmten. Mit fortschreitendem Geschehen im Kerker von Cadwrigham House und der wachsenden Verzweiflung von Michael Fux peitschte sie sich selbst in immer größere Anstrengungen. Der Zorn auf den schwarzen Earl und darauf, was er ihr und ihrer Mutter angetan hatte, war die wichtigste Antriebsfeder hierbei. Sie wollte um alles in der Welt verhindern, dass Fux' Schicksal eine ähnliche Wendung nahm. Noch einmal bäumte sie sich auf, und im gleichen Moment, in dem der schwarze Earl vor Michael Fux Augen in einer Flammensäule verschwand, löste sich in ihrer Traumwelt ein heiserer Schrei aus ihrer Kehle. Auch ihr realer Körper schrie. Gleichzeitig flammten die magischen Symbole im Raum wie eine durchbrennende Glühbirne auf, der magische Kreis verpuffte in einer Stichflamme. Schlagartig senkte sich eine wohltuende Dunkelheit über das Zimmer, nur durch den Spalt des Vorhanges drang sanft das noch schwache Morgenlicht des bereits anbrechenden neuen Tages herein und umspielte den immer noch hoch aufgerichtet dasitzenden Körper von Crystal. Langsam sanken ihre Arme wieder herab. Und als ihre Hände den Überzug der Matratze berührten, geschah es: sie öffnete ihre Augen. Die Schläferin war erwacht!

Einige Momente noch saß sie wie benommen da und rührte sich nicht, dann kam Leben in ihre Gestalt. Mit einer Hand wischte sie sich den Schweiß von ihrer Stirn, während sie damit begann, mit ihren intensiv grünen Augen das Zimmer zu mustern, in dem sie sich befand.

»Wo bin ich bloß?«, murmelte sie halblaut vor sich hin, was den tiefen, spröden Alt-Ton ihrer Stimme nur erahnen ließ.

»Cadwrigham House ...«

Diese zwei Worte waren urplötzlich da, ausgesprochen schienen sie wie eine unsichtbare Drohung im Raum zu schweben.

»Cadwrigham House«, murmelte sie noch einmal. »Der schwarze Earl ... Lilith ... die dunkle Höllenbrut ... Michael ... MUTTER!«

Jäh schlugen die Erinnerungen an ihre Traumerlebnisse über ihr zusammen. Tränen schossen ihr in die Augen, und sie gab sich minutenlang der Trauer und dem Schmerz hin.

»Nein!«, sagte sie dann energisch zu sich selbst.

Crystal schlug die dünne Decke zur Seite und schwang ihre Beine über den Bettrand nach außen.

»Nein, keine Schwäche jetzt. Ich muss Michael helfen. Das bin ich mir und meiner Mutter schuldig. Diese verdammte Höllenbrut!«

Doch wie sollte sie dem jungen Mann helfen? In Gedanken suchte sie nach ihm, und außergewöhnlich schnell stellte sie fest, dass es da immer noch ein unsichtbares Band gab, welches ihren und seinen Geist miteinander zu verkoppeln schien. Das war eine völlig neue Erfahrung für Crystal, denn so etwas war in ihrem Leben noch niemals zuvor geschehen. In ihrer Vorstellung tastete sie sich an dem unsichtbaren

Geistesband entlang und begann damit, nach Michael Fux zu rufen.

»Michael ... Michael ... Michael ... Michael!«

Er reagierte verwirrt, und Crystal konnte deutlich spüren, dass er in dem Moment befürchtete, nach all dem Gräuel der vergangenen Stunden endgültig seinen Verstand zu verlieren. Benommen schüttelte er den Kopf, in dem Versuch, die unbekannte Stimme aus seinem Kopf zu vertreiben. Doch Crystal gab ihre Kontaktbemühungen nicht so schnell auf. Ihr Entschluss, irgendetwas für diesen Mann zu tun, war unerschütterlich und gab ihr die nötige Kraft, durchzuhalten. Erneut konzentrierte sie sich und etablierte den Geisteskontakt.

»Michael ... Michael Fux ...ich rufe dich ... kannst du mich hören?«, versuchte sie ihre lautlose Botschaft so eindringlich wie möglich zu formulieren.

»Was ... was ist das?«, kam jetzt eine klar verständliche, aber immer noch sehr verstört wirkende Antwort von dem jungen, ziemlich verängstigten Mann zu Crystal zurück.

»Halte durch, Michael Fux. Ich habe deine Not gespürt, und ich werde versuchen, dir zu helfen«, versuchte Crystal ihm Mut zu machen.

»Wenn ich auch noch überhaupt keine Ahnung habe, wie«, setzte sie flüsternd und nur zu sich selbst gemeint hinzu.

»Mir helfen?«

Der Gedankenstrom wurde unstet, und Crystal vernahm so etwas wie ein irres Kichern in ihrem Kopf. Befand sich Michael Fux etwa schon am Rande des Wahnsinns?

»Du bist nicht übergeschnappt und wirst auch nicht wahnsinnig!«, appellierte sie an seinen Verstand.

Die junge Frau versuchte, so viel Mut und Zuversicht wie möglich auszustrahlen.

»Mich gibt es wirklich. Ich werde dir helfen! Halte durch!«

Mit diesem letzten gedachten Appell beendete Crystal diese seltsame geistige Kommunikation. Trotzdem blieb immer noch eine unsichtbare Verbindung zwischen ihnen beiden bestehen. Warum das so war, darüber zerbrach sich die Frau jetzt nicht den Kopf. Es würde ihr aber helfen, ihn zu finden. Doch erst einmal musste sie aus diesem Zimmer hier heraus. Außerdem war sie nackt. Letzteres Problem ließ sich jedoch leicht lösen. Sie zerriss einfach die dünne Seidendecke und wickelte sich einen Teil wie ein Wickelkleid um ihren Körper. Nun fühlte sie sich nicht mehr ganz so verletzlich wie noch zuvor. Aufmerksam blickte sie sich in dem Zimmer um. Mit den kaum noch erkennbaren, verwischten und schwärzlichen Bemalungen an Wand und Decken konnte sie überhaupt nichts anfangen. Doch die schwarze, verbrannt erscheinende Kreislinie um ihr Bett ließ die junge Engländerin sofort an einen magischen Kreis denken, denn darüber hatte sie schon des Öfteren etwas gelesen. Seltsame Wesen, schauerliche Kreaturen, finstere Gestalten, telepathischer Kontakt zu einem Fremden, und jetzt auch noch Magie. Crystal konnte sich einfach keinen Reim darauf machen, warum ihr Leben von einem Moment auf den anderen so aus der Bahn gerissen worden war. Da war einfach ein großes Loch in ihren Erinnerungen. Sie verscheuchte diese Gedanken, denn sich jetzt den Kopf darüber zu zerbrechen würde zu nichts führen. Das war etwas für einen späteren Zeitpunkt, an einem ungefährlicheren Ort. Langsam erhob sie sich, machte einen vorsichtigen Schritt über die verbrannten, schwarzen Überreste des magischen Kreises hinweg und huschte leichtfüßig und leise zur Zimmertür. Dort legte sie ihr Ohr gegen das Holz und lauschte angestrengt. Es war nichts zu hören, und sie atmete erleichtert auf. Ihre Entführer hatten wohl noch nicht bemerkt, dass es ihr gelungen war, die lähmende Fesselung abzuschütteln. Aber dies konnte sich jeden Moment ändern. Darum war Eile geboten, wenn sie überhaupt noch etwas erreichen wollte. Entschlossen griff sie nach dem Türöffner. Zu Crystals großer Überraschung war die Tür nicht verriegelt gewesen.

»Die müssen sich ihrer Sache aber sehr sicher gewesen sein«, murmelte sie vor sich hin.

Langsam zog sie die schwere Holztür auf. Es gab zum Glück nur ein leises, kaum hörbares Knarren und Quietschen dabei. Durch einen schmalen Spalt spähte Crystal nach draußen. Auf dem Gang vor dem Zimmer herrschte eine trübe, graue Helligkeit, und erfreut registrierte sie, dass niemand weit und breit zu sehen war. Rasch schlüpfte die junge Frau auf den Gang hinaus. Zu ihrer linken endete er bereits nach ein paar Metern an einem breiten Fenster, durch dessen Vorhangritzen dünne Streifen von Helligkeit auf den mit abgetretenen, alten und staubigen Teppichen belegten Steinfußboden fielen. Totenstille lag über allem. Es war eine Ruhe, die seltsam unnatürlich wirkte und jedes Geräusch zu schlucken schien. Crystal wandte sich nach rechts und schlich den düsteren, muffigen Gang entlang, wobei sie zwei weitere Türen passierte, die sie aber unbeachtet ließ. Michael Fux' Gefängnis musste sich in einem Kellerraum befinden, so viel war ihr durch die Gedankenbilder klar geworden. Daher wollte sie mit dem Untersuchen anderer Räume keine weitere Zeit verlieren. Wenige Meter weiter führte der Gang auf eine Art Galerie, die eine große Halle im zweiten Stock auf drei Seiten umlief. An der vierten Seite befand sich der Treppenbau, der in alle Stockwerke führte. Zu diesem lenkte Crystal ihre Schritte hin. Behände hüpfte sie fast lautlos auf nackten Füßen die kalten Steinstufen bis ins Erdgeschoss hinab.

Unten angekommen, verharrte sie für einen Moment. Aufmerksam lauschte sie mit ihrem Geist in die unwirkliche Stille von Cadwrigham House hinein. Erleichtert spürte sie die Gegenwart von Michael Fux. Sie drehte sich zweimal um sich selbst, dann wusste Crystal, wohin sie sich wenden musste. Flink wie ein heller Schemen im trüben Licht durchquerte sie die große Halle. Ein schmaler, hoher Gang führte sie vor eine kleine, rechteckige, hölzerne Tür. Crystal zögerte kurz, griff aber dann entschlossen nach einem kleinen Riegel an der Tür, öffnete sie und schlüpfte hindurch.

Dahinter befand sich der gähnende, steile Schlund eines Treppenschachtes, der in unergründliche Tiefen zu führen schien. Trotz der absoluten Dunkelheit, die sie umgab, schaffte es Crystal, ohne jedes Stolpern und Straucheln heil die unendlich lang erscheinende Treppe hinabzugehen. Gerade so, als wäre sie zuvor diesen Weg schon einmal gegangen, stand sie nach kurzer Zeit vor der schweren Holztür mit dem bronzenen Türring, hinter dem sich der Kerker von Michael Fux befand. Mit klopfendem Herzen zog sie an dem Ring, und die schwere Tür schwang mit schauerlichem Ächzen und Knarren unendlich langsam auf. Der Raum dahinter wurde von zwei kläglich flackernden Fackeln notdürftig erhellt. Unglaublicher Gestank schlug ihr entgegen. Es roch nach Tod.

Michael Fux hörte, wie die Tür zu seinem Kerker geöffnet wurde. Angstvoll hob er den Kopf, in der Erwartung, den schrecklichen schwarzen Earl wiederzusehen. Doch was er erblickte, ließ ihn an eine geisterhafte Erscheinung denken. Im flackernden Fackellicht erblickte er eine ungefähr hundertachtzig Zentimeter große, sehr schlanke weibliche Gestalt. Ihre feuerrote Mähne, die dicht gelockt bis über ihre nackten Schultern fiel, hüllte ein anziehendes Gesicht ein. Das Licht war zu schlecht, um Einzelheiten zu erkennen. Einzig die intensiv smaragdgrünen Augen funkelten im Feuerschein. Gekleidet war diese Erscheinung mit einer Art seidig schimmerndem Wickeltuch. Wenn seine Situation nicht so grotesk gewesen wäre, hätte er wohl einen anerkennenden Pfiff ausgestoßen.

»Jetzt ist es passiert, ich bin übergeschnappt«, murmelte er stattdessen halblaut vor sich hin.

»Rede keinen Blödsinn, ich habe dir doch gesagt, ich komme, um dir zu helfen!«, rief ihm die weibliche Erscheinung leise zu, während sie sich ihm rasch näherte.

Michael riss verblüfft seine Augen auf.

»Die Stimme aus meinem Kopf!«

Fassungslosigkeit und grenzenlose Überraschung schwang in seiner Stimme mit.

»Dich gibt es ja wirklich!«

»Nicht mehr lang, wenn wir nicht zusehen, dass wir schleunigst aus diesem Loch hier herauskommen!«

Crystal hatte Michael erreicht und nestelte an den Fußeisen herum, mit denen seine Beine an die Kerkerwand gekettet worden waren.

»Wer bist du? Und wie bist du in meinen Kopf gekommen? Was tust du überhaupt in diesem schrecklichen Haus?«, überschüttete Fux die Frau verwirrt mit einem Fragenschwall.

Er verstand gar nichts mehr. Crystal betrachtete ihn kopfschüttelnd.

»Man sollte meinen, dass du größere Probleme hast, als gerade jetzt all diese Dinge zu klären«, meinte sie trocken. »Wie gehen diese verflixten Dinger nur auf?«

Mit letzterer Bemerkung waren wiederum die Fesseln gemeint.

»Er hat keinen Schlüssel benutzt, um die Teile zu schließen«, sagte Fux. »Wie heißt du überhaupt?«

»Wer hat keinen Schlüssel benutzt? Und ich heiße Crystal. Meinen Nachnamen sage ich dir, wenn er mir wieder einfällt!«

»Der schwarze Earl. Er hat nur mit seinen Fingern geschnippt, und die Fesseln haben sich meine Fußgelenke geschnappt. Wieso weißt du deinen Nachnamen nicht?«

»Ich bin auch eine Gefangene des Earls, und ich stand unter einer Art Bann oder so etwas in dieser Art. Jedenfalls scheint man mir einen Teil meiner Erinnerungen geraubt zu haben. Aber durch den Kontakt mit deinem Geist ist es mir irgendwie gelungen, diesen Bann abzuschütteln und ich bin aufgewacht.«

Sie rüttelte an den beiden Fesselringen um Michael Fux' Fußgelenke.

»Und jetzt stehe ich hier und kriege die verflixten Dinger nicht auf!«

Ein verzweifelter Unterton lag in ihrer Stimme.

»Verflucht sei der Earl! Ich will, dass die Fesseln jetzt aufgehen!«, fügte sie zornig hinzu.

40

Daraufhin machte es zweimal vernehmlich »klick«, und die eisernen Fesseln sprangen, wie von Geisterhand geöffnet, selbstständig auf.

Crystal starrte verblüfft auf die beiden Ringe, die sie nun in ihren Händen hielt, während sich Michael Fux erleichtert seine zerschrammten Fußgelenke rieb.

»Wie hast du denn das fertiggebracht?«, fragte er seine Befreierin überrascht.

Diese ließ die beiden Fesselringe fallen, als wären sie rot glühend. Scheppernd klapperten sie, von ihren jeweiligen Ketten gehalten, gegen die feuchte Kerkerwand.

»Wenn ich das wüsste, wäre ein weiteres von vielen Rätseln gelöst«, antwortete Crystal perplex.

»Na, ist ja auch egal. Hauptsache, ich bin die Dinger los!«

Ächzend und stöhnend rappelte sich Michael Fux auf.

»Wie sieht dein weiterer Plan aus?«, fragte er Crystal.

»Plan? Na, einfach raus hier, oder?«

Michael verdrehte seine Augen.

»Und du meinst, die finsteren Gestalten in diesem Haus lassen uns so einfach gehen?«

»Ich habe das Gefühl, dass uns, solange es Tag ist, wenig Gefahr droht. Wenn ich es richtig bemerkt habe, handelt es sich beim Earl um einen Vampir. Die sind doch nur nachts aktiv, oder?«

Schlagartig wurde Michael bleich, als ihm die schrecklichen Szenen der vergangenen Stunden wieder einfielen.

»Dann sollten wir besser verschwinden, solange es noch hell ist! Es ist doch hell, oder?«

Er wartete Crystals Antwort nicht ab, sondern griff sich eine der beiden fast heruntergebrannten Fackeln,

41

die seinen Kerker spärlich erhellt hatten. Dann schlichen sie gemeinsam in das Gewirr der dunklen Gänge hinaus. Die Finsternis der unergründlichen Tiefen von Cadwrigham House verschluckte die beiden jungen Menschen. Durch ein unerklärliches, seltsames Schicksal miteinander verbunden, wusste keiner der beiden, ob es gelingen würde, dieses verfluchte Gebäude mit seinen todbringenden Bewohnern verlassen zu können. Würden sie jemals wieder das Tageslicht erblicken?

»Gleich tappen wir völlig im Dunkeln!«

Michael Fux betrachtete mit sorgenvollem Blick die langsam herunterbrennende Fackel. Die zunehmend sterbenden Flammen gaben nur noch ein düsteres, unruhig flackerndes Licht von sich, welches die Umgebung kaum noch erhellte.

»Und das auch noch im doppelten Sinne«, ergänzte die vor ihm durch den finsteren Gewölbegang laufende Crystal verdrießlich die Feststellung des Deutschen.

Mit ihrem um den Körper geschlungenen seidenen Betttuch sah sie im trüben Fackellicht aus wie ein schwebender Geist.

»Im doppelten Sinne?«, fragte Michael die junge Engländerin zurück. »Wie meinst du das?«

»Eigentlich hätten wir schon längst die Treppe erreicht haben müssen, über die ich – und wahrscheinlich auch du – nach hier unten gekommen bin«, erklärte der weiße Schemen vor ihm. »Wir müssen den Aufgang verpasst haben.«

»Kein Wunder bei den vielen Gängen hier unten«, sagte Michael. »Ist ja das reinste Labyrinth. Sollen wir umkehren?«

»Hm, warte noch«, antwortete Crystal.

Sie spähte angestrengt in die undurchdringlich scheinende Dunkelheit vor sich.

»Wenn ich mich nicht täusche, ist ein Stückchen weiter der Gang zu Ende«, sagte sie endlich. »Lass uns noch bis dorthin gehen. Wenn wir Glück haben, ist da eine Tür.«

»Hoffentlich überstrapazieren wir unser Glück nicht damit«, meinte Michael. »Es ist ja schon ein unwahrscheinlich großes Glück, dass hier unten gerade keine finsteren Kreaturen herumgeistern.«

»Mal das bloß nicht an die Wand!«

Crystal mochte gar nicht daran denken, wenn sie beide wieder in die Hände, Klauen oder Fänge dieser Ausgeburten der Hölle geraten würden.

»Keine Angst, ich habe meine Zeichenstifte zu Hause gelassen!«, gab Michael Fux mit einem Anflug von Galgenhumor von sich.

»Apropos Wand …«, fuhr er dann fort, »… hier ist tatsächlich eine Tür.«

Michael drängte sich an der jungen Frau vorbei und musterte im langsam schwindenden Fackellicht das massiv erscheinende Holz vor sich. Die Tür besaß ein wuchtiges Eisenschloss und eine überdimensioniert wirkende, ebenfalls eiserne Klinke. Er griff danach und drückte das eiserne Teil mit aller Kraft nach unten. Die Klinke ließ sich nur widerwillig bewegen und setzte der Hand des Versicherungsmaklers einigen Widerstand entgegen. Aus dem Inneren des Schlosses drang ein Besorgnis erregendes Knacken und Knirschen. Fux rüttelte und zog an Schloss und Türe, doch das schwere Holz bewegte sich keinen Millimeter.

»So ein Mist!«, fluchte er leise. »Abgeschlossen! Ich fürchte, wir müssen doch umkehren.

»Lass mich mal versuchen«, bat Crystal ihren Schicksalsgefährten.

Michael trat bereitwillig zur Seite, um die Engländerin an die Tür zu lassen. Die junge Frau ergriff nun ihrerseits mit einer Hand die massige Klinke. Mit der anderen Hand tastete sie das Gehäuse des Schließmechanismus ab. Plötzlich ertönte von dort ein lautes, scharfes Klacken, was die beiden erschrocken zusammenzucken ließ. Michael und Crystal blickten sich kurz überrascht an, dann drückte die junge Engländerin den Griff nach unten und zog an der Tür. Schwerfällig schwang das massive Holz auf und gab den Durchgang zu dem, was dahinter lag, frei. Michael Fux schaute verwirrt drein. Nachdem Crystal die Kellertür ganz aufgezogen hatte, kratzte er sich nachdenklich am Hinterkopf.

»Sag mal, wie machst du das denn eigentlich?«, fragte er seine neue Freundin. »Erst meine Fesseln im Kerker, dann das Schloss hier ... du scheinst Verschlüsse nur angucken zu müssen, und sie springen auf!«

Crystal zuckte mit ihren nackten Schultern.

»Ich habe wirklich keine Ahnung«, antwortete sie ernst. »Vorhin, im Kerker, ist mir das zum ersten Mal passiert. Hier gerade zum zweiten Mal. Warum das so ist, weiß ich nicht. Ist doch aber hilfreich, oder?«

»Da hast du zweifelsfrei Recht!«, gab Michael unumwunden zu. »Aber es hat trotzdem ein bisschen was von der ›Twilight Zone‹. Apropos ... ›Zwielicht‹ ist ein gutes Stichwort. Lass uns endlich von hier verschwinden. Die Fackel erlischt gleich ganz!«

Crystal nickte zustimmend, anschließend schlüpften die beiden rasch durch die nun geöffnete Tür hindurch. Der dunkle Gang setzte sich nur noch ein kurzes Stück fort, um dann vor dem Fuß einer gusseisernen Wendeltreppe zu enden. Langsam, leise und vorsichtig stiegen sie, Michael voran, dicht gefolgt von Crystal, die schwarz lackierten Stufen nach oben. Die Fackel hatte er vor dem Aufstieg von sich geworfen, denn Licht gab sie ohnehin nicht mehr ab, lediglich das Holz glühte noch ein wenig nach. In der nun undurchdringlichen Dunkelheit schien die Wendeltreppe kein Ende zu nehmen.

»Waren wir so weit unter der Erde?«, wunderte sich Crystal nach einer ganzen Anzahl von Windungen um die Treppenachse.

»Scheint so«, antwortete Michael aus der Dunkelheit vor ihr. »Aber irgendwann muss auch diese Treppe zu Ende sein.«

Im nächsten Moment gab es ein dumpf hallendes Geräusch, und Michael stieß einen leisen Schmerzensschrei aus.

»Au, verdammt«, fluchte er. »Ich denke, wir haben das Ende der Treppe erreicht. Ich bin gerade dagegen gelaufen.«

»Besser du als ich«, kicherte Crystal, obwohl ihr in ihrer Situation alles andere als zum Lachen zumute war.

»Haha, sehr mitfühlend von dir!«, beschwerte sich der Deutsche ein wenig brummig aus dem Dunkeln zu ihr nach unten gewandt.

»Nicht böse sein«, entschuldigte sich Crystal. »Wenn wir keinen Ausweg aus diesem finsteren Loch hier finden, wird eine kleine Beule am Kopf noch das Harmloseste sein, was uns zustößt!«

»Immerhin habe ich gerade einen Türgriff ertastet«, sagte Michael zu ihr.

»Und?«

»Oh Mann, ich muss dich leider enttäuschen ...«, erwiderte er zögernd und mit Bedauern in der Stimme.

»Nein!« Crystal schrie leise auf. »Sag nicht, dass die Tür ...«

»... nicht aufgeht«, vollendete Fux ihren Satz. »Sag ich doch gar nicht. Sie geht auf. Reingelegt!« Jetzt war er es, der kicherte.

»Du Irrer!«, schimpfte die junge Engländerin entrüstet. »Wie kann man in dieser Situation auch noch Scherze machen!«

»Kleine Rache für dein fehlendes Mitgefühl bei meinem Zusammenstoß mit der Tür!«, gab er leise lachend zurück. »Außerdem ist da doch deine bemerkenswerte Gabe, Schlösser zu knacken!«

»Und was, wenn das nicht immer klappt?«

Michael winkte ab, dann fiel ihm jedoch ein, dass Crystal diese Geste in der Dunkelheit ja gar nicht sehen konnte.

»Leise jetzt!«, sagte er dann. »Ich werde das Ding vor mir jetzt öffnen!«

Unendlich langsam und vorsichtig drückte der junge Mann die Türklinke nach unten. Zu ihrer beider Überraschung quietschte und knackte nichts. Es gab nur ein leises »Klack«, als der Türenschnapper aus der Haltung glitt. Geräuschlos sprang die Tür einen Spalt breit zur Treppe hin auf.

»Ich glaube, ich muss meine Meinung zu Spukschlössern überdenken«, meinte er trocken. »Nicht jede Tür quietscht!«

»Quatsch nicht, schau lieber nach, was dahinter ist!«, drängelte Crystal ungeduldig. »Mir wird langsam kühl in meinem ›Seidenkleid‹.«

»Ja doch!«

Michael Fux zog die Tür ganz sachte auf. Sie folgte seinen Bewegungen leicht wie eine Feder. Als der Spalt breit genug war, steckte er seinen Kopf hindurch und lugte in den Raum hinter der Tür.

»Und? Was siehst du?«, erkundigte sich Crystal flüsternd hinter ihm.

»Scheint eine Art Kammer zu sein«, gab Michael ebenso leise zurück. »Höchstens zwei auf zwei Meter«, beschrieb er. »Gegenüber ist eine weitere Tür, da kommt etwas Helligkeit drunter durch. Und ich kann ein paar Regale, Schubladen und Klamotten erkennen, die auf Bügeln hängen.«

»Kleidung? Lass mich vorbei!«

Crystal riss die Tür weit auf und drängte sich so ungestüm an Michael vorbei, dass dieser fast vornüberstürzte.

»Pass doch auf!«, schimpfte er zischend. »Ist doch immer das Gleiche: wenn Frauen was von Kleidung hören, gibt es kein Halten mehr!«

»Renn du doch mal nur in ein dünnes Seidentuch gehüllt durch ein schlecht geheiztes Haus!«, blaffte die Gescholtene zurück. »Bei dir würde nur dein Schniedel schrumpfen. Frauen holen sich da aber gerne eine Blasenentzündung. Und eine Blasenentzündung plus Höllenmonster ist entschieden zu viel für einen Tag!«

Ohne sich weiter um den jungen Deutschen zu kümmern, durchstöberte sie die Kleidungsstücke auf den Bügeln. Außerdem riss sie nacheinander die Schubladen auf. Dort fand sie Socken, Herrenunterwäsche und ...

»... Junge, das sind mindestens 1000 Pfund!«

Sie stieß einen anerkennenden Pfiff aus und warf das Geldbündel Michael zu.

»Hier, nimm«, sagte sie, während sie in die Unterwäsche schlüpfte. »Das werden wir noch gut brauchen können.«

»Wir können aber das Geld doch nicht so einfach stehlen!«, meldete Michael seine Bedenken an.

»Ja sicher. Und die Vampire hier wollten dich auch nur zum Tee dabehalten«, erwiderte die Engländerin sarkastisch.

»Oh!«, machte Michael verblüfft. »Okay, überzeugt«, setzte er dann noch grinsend hinzu und steckte das Geld in die Hosentasche.

»Fertig!«, rief Crystal da auch schon halblaut. »Wie sehe ich aus?«

Sie trug eine viel zu weite graue Herren-Stoffhose, dazu ein weißes Hemd mit umgekrempelten Ärmeln, und darüber eine rot- schwarz-karierte Wollweste. Ihre Füße steckten in dunkelbraunen Slippern. Michael Fux musterte stumm seine Begleiterin, die sich in den »entliehenen« Kleidungsstücken vor ihm drehte.

»Ein Kartoffelsack käme eleganter daher«, meinte er dann mit skeptischer Miene.

Crystal warf einen Kleiderbügel nach ihm, und er duckte sich schmunzelnd.

»Tut mir leid, Kleider von Dior waren leider ausverkauft!«, zischte sie ihm mit zusammengepressten Zähnen zu. »Männer!«

»Was willst du denn, du hast doch gefragt«, spielte Michael den Unschuldigen.

»Aber jetzt lass uns sehen, dass wir Land gewinnen. Der Tag dauert nicht ewig, und ich will vor Einbruch der Dunkelheit so viel englische Landschaft wie möglich zwischen mich und Cadwrigham House bringen. Auf eine weitere Nacht in diesem komfortablen Verlies mit Live-Unterhaltung lege ich wirklich keinen gesteigerten Wert!«

»Da sind wir beide ungeteilter Meinung.«

Michael lauschte kurz an der zweiten Tür der Kammer. Es war völlig still dahinter, was er mit einem erleichterten Aufatmen zur Kenntnis nahm. Entschlossen öffnete er sie, und fahle Helligkeit drang zu ihnen in den Nebenraum hinein. Die beiden jungen Leute erblickten eine Art Arbeitszimmer. Ein riesiger Schreibtisch mit schwarzer, wuchtiger Marmorplatte dominierte darin, dahinter stand ein massiger, mit schwarzem Leder überzogener Sessel. Auch die beiden vor dem Schreibtisch stehenden Sitzmöbel waren mit Leder der gleichen Farbe bezogen. Es brauchte fast nicht mehr erwähnt werden, dass die schweren Brokatvorhänge an den Fenstern in der Farbgestaltung keine Ausnahme machten.

»Wirklich heimelig«, bemerkte Crystal trocken.

»Das wirft einen bezeichnenden Blick auf die Psyche der Hausbewohner«, ergänzte Michael.

Sie betraten den düsteren Raum, der von den nur unvollkommen geschlossenen Vorhängen spärlich ausgeleuchtet wurde.

»Da läuft es einem wirklich eiskalt den Rücken runter!«, sagte Michael erschauernd.

Crystal nickte nur stumm dazu. Als die beiden an dem wuchtigen Schreibtisch vorbeikamen, fiel ihr Blick auf einige Papiere und Mappen, die darauf verteilt lagen. Auf einer der dünnen Mappen stand ihr Name geschrieben: »Crystal Blair«. Wie elektrisiert griff sie danach und schob sich die Mappe in den weiten Hosenbund der grauen Anzughose. Dann folgte sie rasch Michael Fux, der den Raum schon fast durchquert hatte. Hinter der nächsten Tür befand sich zur großen Erleichterung der beiden die Eingangshalle von Cadwrigham House. Für Michael schien es eine Ewigkeit her zu sein, dass er sie betreten hatte. Dabei war das erst am Abendzuvor geschehen. Und doch hatte sich in den wenigen Stunden, die seither vergangen waren, sein Leben von Grund auf verändert. Er schüttelte die Gedanken an das Geschehene ab und huschte gemeinsam mit Crystal zum großen Eingangsportal hinüber. Die von innen vorgelegten Riegel stellten kein großes Hindernis dar, und so standen sie schon einen Moment später im hellen, warmen Schein der sommerlichen Vormittagssonne. Hier und da zeugten noch große Pfützen vom schauerlichen, regnerischen Wetter des Vortages, und aus Büschen, Bäumen und Wiesen stieg feiner, weißer Dunst auf. Doch selbst im hellen Sonnenlicht wirkten die Mauern von Cadwrigham House noch kalt und bedrohlich. Links vom Haus begann ein Waldgebiet, in das ein Fußweg hineinführte. Nach rechts führte eine breite Allee zu einer Straße hinunter.

»Wohin jetzt?«, fragte Crystal unschlüssig ihren Schicksalsgefährten.

»Lass mich mal kurz überlegen«, erwiderte dieser mit nachdenklicher Miene.

»Ich muss gestern Abend aus dem Wald da drüben gekommen sein«, sagte er dann und zeigte auf den Fußpfad. »Irgendwo dahinten im Nichts, einige Kilometer entfernt, steht die Mistkarre, deretwegen ich in das ganze Schlamassel geraten bin. Wenn wir da hingehen, können wir stundenlang durch die Gegend laufen, ohne dass wir eine Menschenseele treffen.«

»Dann also nach rechts, zur Straße hin«, folgerte die rothaarige Engländerin aus den Erklärungen des Deutschen.

»Das wird das Vernünftigste sein«, stimmte ihr dieser zu.

Also liefen sie die kurze Allee hinunter, und mit jedem Meter, den das unheimliche Landhaus des schwarzen Earls hinter ihnen zurückblieb, schien es ein bisschen wärmer zu werden, und die allgegenwärtige Bedrohung schien zurückzuweichen.

»So, jetzt haben wir wieder die Wahl zwischen rechts und links«, meinte Crystal seufzend, als sie an der Straße angelangt waren.

Zu ihrem Verdruss gab es kein Straßenschild, keinerlei Hinweis, wohin diese typische, schmale englische Landstraße führte.

»Gerade haben wir uns für rechts entschieden. Wie wäre es, wenn wir jetzt links nehmen?«, schlug Michael vor.

»Von mir aus«, meinte Crystal schulterzuckend. »Da wir sowieso nicht wissen, wo uns die Straße hinführt, ist jede Richtung gleich gut.«

Also wandten sich die beiden jungen Leute nach links. Sie legten dabei ein forsches Tempo vor, denn sie wollten nur weg, und das so schnell wie möglich. Weg von Cadwrigham House und weg von den Schrecken der Nacht. Keiner wollte dabei daran denken, was geschehen würde, wenn der schwarze Earl feststellen würde, dass seine beiden Opfer aus ihrem Gefängnis entschwunden waren.

Die Straße schien kein Ende nehmen zu wollen. Da beide keine Uhren trugen, mussten sie die Zeit anhand des Sonnenstandes schätzen. Diese schien immer noch von einem makellos blauen Himmel herab, und es war zwischenzeitlich recht warm geworden. Michael Fux kam das stürmisch-kalte Wetter am Abend zuvor und die grauenhaften Erlebnisse in der Nacht schon fast wie ein böser Traum vor, wäre da nicht Crystal gewesen, die in ihren etwas zu großen Herrenschuhen und den viel zu weiten Hosen hinter ihm herschlurfte. Michael warf noch einmal einen abschätzenden Blick auf den Stand der Sonne am Himmel. Es musste nun schon bereits früher Nachmittag sein, denn das grelle Gestirn hatte den Zenit bereits überschritten. Der Versicherungsmakler aus Deutschland taxierte die Zeit ihrer Wanderung auf etwa drei Stunden.

»Oh Michael«, rief Crystal mit leisem Stöhnen hinter ihm. »Wir müssen bald mal eine Pause machen. Ich glaube, meine Füße sind in den Tretern hier schon wundgescheuert. Außerdem habe ich vielleicht einen Durst, fast, als hätte ich schon seit Wochen nichts mehr getrunken!«

»Zu trinken könnte ich auch was vertragen«, seufzte Michael, und mit einem Male spürte er, wie trocken seine Kehle war.

Da erspähten seine Augen ein gutes Stück voraus etwas, was seine Laune gleich wieder ein Stückchen anhob.

»Crystal«, rief er und zeigte mit ausgestrecktem Arm nach vorne. »Da ist wieder eine Kreuzung. Und diesmal mit Wegweiser!«

»Na, vielleicht wissen wir dann endlich, ob wir noch in diesem Leben damit rechnen können, wieder auf lebende, normale Menschen zu treffen.«

Die junge Engländerin klang wirklich erschöpft.

»Ist schon seltsam, was?«, meinte er, während sie sich langsam der Kreuzung vor ihnen näherten. »Man könnte meinen, Mensch und Tier meiden diese Gegend hier absichtlich. England ist doch im Grunde recht dicht besiedelt. Aber hier habe ich nicht mal Vögel singen hören!«

»Ich glaube, die Tiere spüren ganz genau, dass es in Cadwrigham House und darum herum nicht ganz geheuer ist«, sagte Crystal nachdenklich. »Und im Unterbewussten werden das wohl auch die Menschen spüren, die hier leben. Darum meiden sie den Landsitz ganz automatisch.«

»Na, zu diesen Menschen zähle ich offensichtlich nicht!« Michael machte eine säuerliche Miene. »Ich hätte ja sonst nie im Leben dort übernachten oder telefonieren wollen!«

»Zum Glück hast du das aber getan!«, sagte Crystal leise.

Der junge Deutsche wandte sich überrascht um.

»Zum Glück?«, fragte er verwundert. »Unter Glück verstehe ich nicht, in düsteren Gewölben angekettet und als nächste Mahlzeit für Vampire und sonstige finstere Höllenwesen vorgesehen zu sein!«

»Es waren aber deine Gedanken, die mich aus dieser seltsamen Starre gelöst haben. Ohne dich würde ich noch immer dort bewusstlos in einem Bett liegen. Weiß der Himmel, was der schwarze Earl mit mir vorgehabt hätte!«

Bestürzt und betroffen gleichermaßen, blickte er seiner Schicksalsgenossin in das ebenmäßige, trotz der Strapazen attraktive Gesicht. Von dieser Seite hatte er die Sache noch gar nicht betrachtet. Im ersten Moment wusste er auch nicht, was er Crystal auf ihre Erklärung hin antworten sollte. Doch zu seiner Erleichterung hatten sie die Kreuzung erreicht, wo der Pfeiler mit den Wegweisern sofort ihre Aufmerksamkeit auf sich zog.

»Rechts geht es nach Milton, 8 Kilometer«, las Crystal gerade vor.

»Und links nach Fenwyck, 14 Kilometer«, sagte Michael, das andere Schild studierend.

Es bedurfte keiner Diskussion über das nächste Ziel ihrer Wanderung. Die beiden sahen sich nur stumm an, nickten kurz, und dann wandten sie sich nach rechts, dem näher liegenden Ziel entgegen. Stumm trotteten sie nebeneinander her, jeder seinen eigenen Gedanken zu ihrer Situation nachhängend. Die Landstraße wand sich durch die englische Landschaft, vorbei an grünen Wiesen, auf denen sie nun ab und zu friedlich grasende Rinder erblickten, durch kleine Wäldchen hindurch, einen Hügel hinauf und auch wieder hinab. Irgendwann konnten sie weit in der Ferne die Spitze eines Kirchturms aufragen sehen, ein untrügliches Zeichen dafür, dass sie sich langsam dem Ort mit dem Namen Milton näherten. Doch noch bevor sie den Ortsrand überhaupt erreicht hatten, erregte ein mit einer dieser für England typischen Bruchsteinmauern eingezäuntes Gelände ihre Aufmerksamkeit. Viele Bäume ragten innerhalb des ummauerten Gebietes auf, und bald war erkennbar, dass sie wohl einen Friedhof vor sich hatten. Gleich darauf passierten sie eine kleine Bedarfsbushaltestelle mit einem winzigen Unterstand. Unmittelbar daneben führte ein breiter Weg zu einem großen, schmiedeeisernen Gittertor, an dem ein daran befestigtes Schild mitteilte, dass der Besucher es hier mit dem »Old Milton Cemetary« zu tun hatte. Ein Stückchen rechts des Tores ragte die Vorderfront einer kleinen Kapelle aus der Mauer hervor. Breite Stufen führten zu einem weiß gestrichenen Holzportal hinauf. Von ganz besonderem Interesse für die beiden unfreiwilligen Wanderer war ein leises Plätschern, welches vom Inneren des Friedhofsgeländes zu ihnen heranwehte. Michael trat an das Tor heran, ergriff mit beiden Händen dessen Eisenstangen und spähte durch das Gitter hindurch. Sein Blick wanderte an einer kleinen Kiesallee entlang, von der rechts und links in regelmäßigen Abständen weitere, schmalere Wege abzweigten. Ein gutes Stück voraus ortete er die Quelle des verheißungsvollen Plätscherns.

»Ein Brunnen«, rief er erfreut aus. »Ich glaube, da vorne ist ein Brunnen!«

»Wasser! Endlich!«, stöhnte Crystal, und sie kam sich vor, als hätte sie die Sahara durchwandert und würde nun eine Oase erblicken.

Schon zerrte sie an einem eisernen Ring, den jeder der beiden Torflügel zum Öffnen besaß. Quietschend und schabend ruckelte das schwere Eisentor auf. Gleich darauf knirschte der weiße Kies des Friedhofsweges unter ihren Schuhen. Die kleine Allee führte auf einen runden Platz, und aus dem kühlen Schatten der hoch aufragenden Lindenbäume tauchte ein großer, steinerner Engel auf, der segnend seine Hand nach den unerwarteten Besuchern ausstreckte. Der aus grauem Stein gehauene und mit Moosflecken und Flechten bewachsene Himmelsbote stand auf einem kleinen Säulenpodest. Dieses ragte aus der Mitte eines Brunnenrundes, in dem aus vier dünnen Kupferröhren kühles, klares Wasser gluckerte. Vor Erleichterung aufseufzend, ließ sich Crystal auf dem Rand des Brunnen nieder, wusch sich die Hände, benetzte ihr Gesicht und schöpfte dann mit der hohlen Hand Wasser aus einer der vier Röhren. Es schmeckte kühl und rein, und sie merkte, wie durstig sie überhaupt gewesen war. Auch Michael erfrischte und labte sich an dem frischen Nass.

»Oh, meine Füße!«, stöhnte die junge Engländerin und schlüpfte aus den schlecht sitzenden

Herrenslippern. Auch die grauen Socken streifte sie ab.

»Ich habe es geahnt: Blasen!«

Sie zeigte anklagend auf einige rote Stellen an Fersen und Zehen, die stark angeschwollen waren und sich mit Gewebewasser gefüllt hatten.

»Weit kann ich mit diesen Tretern nicht mehr laufen«, stellte sie bekümmert fest. »Und zu allem Übel hätte ich auch mal eine Toilette nötig.«

»Das wäre auch für mich mal notwendig«, meinte Michael. »Obwohl ich es für den flüssigen Teil zumindest einfacher hätte als du.«

Er blickte sich suchend um, konnte aber keine entsprechenden Räumlichkeiten erkennen.

»Ich werde mal zu der Kapelle rübergehen«, sagte er dann zu Crystal, die sich gerade mit schmerzverzerrtem Gesicht die geschundenen Füße massierte. »Vielleicht finde ich da ja eine.«

»Ist gut«, stimmte diese zu. »So lange kann ich meine Füße im Wasser kühlen.«

Sie blickte ihm nach, bis er hinter dem Grün von Bäumen und Büschen verschwunden war. Dann krempelte sie die Hosenbeine hoch und streckte vorsichtig ihre Füße ins kalte Wasser des Brunnens.

»Ah, tut das gut«, murmelte sie erleichtert vor sich hin, während sie ihre Beine hin und her schlenkerte.

Auf ihre ausgestreckten, auf dem Brunnenrand aufliegende Arme gestützt, lehnte sie sich dabei ein bisschen zurück und schloss zur Entspannung die Augen. Das Plätschern des Wassers, die raschelnden Blätter, ein paar zwitschernde Vögel, all das erschien ihr friedlich und beruhigend. Der erste wirklich ruhige Moment, seit sie in diesem fürchterlichen Haus aus ihrer seltsamen Trance erwacht war. Sie genoss diesen Moment, und ihre innere Verkrampfung fing gerade an, sich etwas zu lösen, als ohne Vorwarnung eine fremde Stimme hinter ihrem Rücken erklang.

»Was treiben Sie denn hier?«, fragte eine zischelnd und nasal klingende hohe Männerstimme unwirsch. »Das ist keine Badeanstalt!

Zutiefst erschrocken zuckte Crystal zusammen und wäre dabei fast vom Rand des Brunnens gerutscht. Sich gerade eben noch abfangend, wandte sie sich in Richtung der Stimme um. Deren Besitzer stand gut drei Meter von Crystal entfernt und blickte sie aus schwarzen, unruhig hin und her wandernden, rot unterlaufenen Triefaugen misstrauisch an. Der Mann war etwa ein Meter siebzig groß, von leicht untersetzter Statur und kahlköpfig. Er besaß eine faltige, fahlgelbe Haut. Neben den Triefaugen dominierte das Gesicht ein breiter, mit auffallend blass gefärbten schmalen Lippen versehener Mund, dessen Winkel steil nach unten wiesen. Sie gaben so dem Gesicht etwas Gehässiges, Verschlagenes. Bekleidet war er mit einem schmutzig-grauen Overall. Die leichte Brise wehte eine unangenehme, säuerliche Körperausdünstung zu ihr herüber, was sie die Nase rümpfen ließ.

»Nun?«, fragte der Unbekannte erneut und wippte dabei ungeduldig mit einem Fuß. »Ich warte auf eine Antwort!«

»Äh ... ich bade doch gar nicht«, antwortete Crystal unsicher. »Wer sind Sie überhaupt?«, erkundigte sie sich dann, langsam ihre Fassung zurückgewinnend, bei dem seltsamen Mann.

»Der Friedhofsgärtner, wenn es Ihnen recht ist!«

Er spie die Worte regelrecht aus, und seine Miene wurde noch ein wenig unfreundlicher, soweit das überhaupt noch möglich war.

Crystal wollte noch etwas erwidern, doch in diesem Moment kehrte Michael Fux auf den Brunnenplatz zurück.

»Es tut mir leid ...«, rief er ihr schon von weitem zu, »... aber in der Kapelle waren nur Kreuze, Weihwasser und ewige Lichter. Keine Toilette weit und ... Oh!«

Überrascht brach er seinen Satz ab und musterte die grau-gelbliche Statur des Friedhofsgärtners, den er eben erst bemerkt hatte.

»Das ist ja fast ein Volksauflauf hier«, gab die seltsame Figur mürrisch von sich.

»Sie müssen entschuldigen, Mr. ...?«, sagte Michael betont freundlich und schaute den Mann dabei fragend an.

»Fitzgerald«, zischelte dieser unwillig hervor.

»Mr. Fitzgerald ...«, fuhr Fux fort, »... aber wir sind fremd hier. Meine Verlobte und ich hatten gestern Abend eine Autopanne irgendwo im Nirgendwo. Wir haben zwar versucht, das Auto anzuschieben, dabei sind wir im Regen aber pitschnass geworden!« Er machte eine hilflose Geste, und fuhr dann mit seiner Erklärung fort.

»Zu allem Überfluss stellten wir fest, dass wir den Koffer meiner Verlobten im Hotel vergessen haben. So musste sie mit ein paar von meinen alten Sachen auskommen. Seit Stunden irren wir durch die Gegend, sind müde, waren durstig und benötigen so langsam auch mal eine Toilette.«

Michael wies dann auf den Brunnen und dann in Richtung der kleinen Kapelle.

»Als wir hier vorbeigekommen sind, hörten wir das Wasser plätschern, darum haben wir uns ein wenig erfrischt. Leider konnten wir bisher aber keine Toilette entdecken. Ich habe in der Kapelle nachgesehen, aber da war nichts.«

Fitzgerald schaute aus seinen schwarzen Triefaugen abwechselnd Crystal und den jungen Deutschen an.

»So, so ...«, meinte er dann nach einigen Sekunden. »Sie sind also fremd hier. Touristen?«

Das fragende Wort am Schluss wirkte auf die beiden jungen Leute geradezu lauernd. Sie wussten nicht recht, was sie davon halten sollten, schoben den Eindruck aber dann ihren überreizten Nerven zu.

»Ja, wir sind Touristen«, antwortete Crystal zögernd. »Das heißt, nicht ganz. Ich bin in England geboren. Mein Verlobter ist Deutscher.«

»Dachte ich mir schon«, sagte der Friedhofsgärtner gleichmütig. »Erkennt man am Akzent.«

Fitzgerald wandte sich um und schlurfte ein paar Schritte davon, drehte sich dann aber noch einmal zu den beiden um.

»Sie können meine Toilette benutzen«, schlug er vor. »Ich wohne hinten am Rand des Geländes. Und wenn wir Glück haben, funktioniert auch mein Telefon.«

»Wir wollen Ihnen aber keine Umstände machen!«, beteuerte Fux.

»Sind keine Umstände«, zischelte es zurück. »Keine Umstände nicht.«

Mit diesen Worten wendete er sich ab und schlurfte weiter.

Crystal und Michael waren noch ein wenig unschlüssig, ob sie dem seltsamen Mann folgen sollten.

»Ich weiß nicht«, flüsterte Crystal leise. »Der ist so seltsam. Dem traue ich nicht über den Weg!«

»Ja, schon«, pflichtete Michael ihr bei. »Er riecht zwar ein wenig streng, und ein Sympathieträger ist er auch nicht gerade, aber es gibt da eine Toilette und vielleicht können wir uns von dort ein Taxi rufen.«

»Wenn das Telefon funktioniert!«, schränkte die junge Frau ein. »Ich bin also deine Verlobte, ja?«

Michael grinste sie an. »Hätte ich erzählen sollen, dass wir aus einem Vampirschloss geflüchtet sind?«

Mit diesen Worten wandte er sich um und ging hinter dem Friedhofsgärtner her.

Ein wenig widerwillig schloss sich Crystal Fux an, und gemeinsam folgten sie dem gelbhäutigen Mann, der langsam vor ihnen herschlurfte. Hätten sie in diesem Moment sein Gesicht sehen können, dann wären mit Sicherheit sämtliche Alarmglocken bei ihnen losgegangen. Denn ein abgrundtief böses Grinsen lag um seinen Mund, und die Augen funkelten kalt, gefühllos und tückisch. So aber folgten sie dem seltsamen Mann zwar etwas misstrauisch, aber unglücklicherweise weitestgehend arglos.

Zunächst ging Fitzgerald weiter geradeaus die Allee entlang. An der letzten Wegabzweigung schwenkte er nach rechts. Als sie sich dem Ende des Friedhofsgeländes näherten, konnten Crystal und Michael eine kleine Kate entdecken, ein richtiges englisches Cottage, niedrig und mit Stroh gedeckt. Es schmiegte sich in den Winkel der Bruchsteinmauer, und hohe Bäume und Büsche verbargen es fast ganz vor neugierigen Blicken.

»Klein, aber mein«, zischelte Fitzgerald mit seiner hohen, nasalen Stimme, als sie am Cottage angelangt waren.

Er öffnete die dunkle Holztür und deutete eine einladende Geste in das Haus hinein an. Crystal und Michael drückten sich an dem Mann vorbei ins Innere. So dicht bei ihm wurde ihnen die unangenehme Körperausdünstung des

Friedhofsgärtners so richtig bewusst. Es war widerlich, penetrant und süßlich. Crystal hielt unwillkürlich die Luft an, als sie an ihm vorbeischritt.

»Der riecht, als wenn er auch schon am Verwesen sei«, flüsterte sie Michael leise ins Ohr.

»Na, er sieht ja auch schon aus, als ob er damit angefangen hätte«, antwortete Michael ebenso leise und kicherte verstohlen dabei.

Fitzgerald betrat als Letzter die Hütte und schloss die Tür hinter sich, nicht ohne vorher noch einmal seinen Blick prüfend über das Gelände schweifen zu lassen.

»Das Klo ist geradeaus durch. Nicht zu verfehlen«, nuschelte er den beiden zu und machte eine halbherzige Geste in die besagte Richtung.

»Ich geh dann mal kurz«, sagte Crystal zu dem Mann.

Michael Fux gegenüber machte sie ein Gesicht, als erwarte sie irgendeine Art von Kloake. Zu Ihrer Überraschung erwies sich die kleine Toilette mit oben hängendem Wasserspülkasten als leidlich sauber. Während Crystal abwesend war, versuchte sich Michael am Telefon im Wohnzimmer. Es war ein alter, klobiger, schwarzer Automat mit Wählscheibe. Michael hob den Hörer ans Ohr und betätigte ein paar Mal die Hörergabel. Außer Knacken und Rauschen bekam er jedoch nichts zu hören, auch nicht, als er die Nummer der Auskunft wählte. Fux warf Fitzgerald einen fragenden Blick zu. Dieser zuckte kurz mit seinen schlaffen Schultern.

»Mal geht's, mal nicht«, sagte er mit teilnahmsloser Stimme. »Krieg' nicht viele Anrufe, also kümmert's mich nicht besonders.«

Der junge Deutsche seufzte innerlich, und er gab seinen Versuch, ein Taxi zu organisieren, auf.

Stattdessen beobachtete er ihren Gastgeber. Dieser stand immer noch neben der Haustüre, starrte scheinbar gedankenverloren in eine unbekannte Ferne, doch um seine Lippen spielte ein sonderbares Grinsen, welches dem Versicherungsmakler überhaupt nicht gefallen mochte. So sah jemand aus, der etwas im Schilde führte. Als Crystal schließlich von der Toilette in den kleinen Wohnraum zurückkehrte, legte er ihr einen Arm um die Hüfte und drängte sie unmerklich auch gleich in Richtung Tür.

»Schön, dass du wieder da bist, Schatz«, sagte er betont lässig. »Wir wollen doch Mr. Fitzgerald nicht länger als nötig belästigen, oder?«

Sie standen vor dem Mann, der sich als Hindernis zwischen ihnen und dem Ausgang befand. Doch der machte überhaupt keine Anstalten, zur Seite zu weichen.

»Oh, ich dachte mir gerade, es wäre schön, wenn Sie zum Essen hierbleiben würden«, zischelte er ihnen stattdessen zu und hängte ein keckerndes, zynisch klingendes Gelächter an.

Crystal und Michael schauten sich überrascht an. Was der seltsame Kerl wohl damit bezweckte, war ihnen im Moment noch schleierhaft.

»Nein ... das ist nicht nötig«, wiegelte Crystal daher auch ab. »Wir sind nicht besonders hungrig.«

Wieder kicherte Fitzgerald keckernd vor sich hin, nur dass sich jetzt Geräusche daruntermischten, die klangen, als würde er große Mengen Speichel wieder heraufschlürfen.

»Sie haben mich falsch verstanden, Verehrteste«, zischelte er, und jetzt klang es nicht mehr zynisch, sondern bösartig. »Sie sollen hier nichts essen, sondern Sie *sind* mein Essen!«

»Was reden Sie da für einen Mist!«, rief Michael laut und empört aus. »Scheinbar sind Sie nicht mehr ganz bei Trost. Lassen Sie uns jetzt gefälligst raus!«

Energisch griff er nach dem Arm des Friedhofsgärtners vor ihm und wollte ihn beiseitezerren. Doch dessen Körper blieb an Ort und Stelle stehen. Nur sein Arm wurde länger. Entsetzt aufkeuchend, ließ Michael den Arm des Mannes los, und dieser klatschte schwer zu Boden. Die ganze Gestalt Fitzgeralds schien sich jetzt auflösen zu wollen. Alle Konturen verschwammen und verformten sich. Vor den fassungslosen Menschen zerfloss alles zu einer schleimig-gelblichen, mit braunen Einsprengseln versehenen amorphen Masse, die einer ins gigantische vergrößerten Amöbe glich. Gleichzeitig verbreitete sich ein überwältigender, Ekel erregender Aasgestank, der einem fast den Atem raubte. Den wie erstarrt dastehenden jungen Leuten streckten sich dicke Pseudopodien gierig entgegen. Einer davon berührte Crystal am Unterarm. Sie stieß einen lauten Schmerzensschrei aus, was dann auch Michael aus seiner Starre löste.

»Das brennt wie Feuer«, stieß die junge Frau erschrocken hervor und rieb den schmerzenden, roten Fleck auf ihrer Haut, der da entstanden war, wo dieses unheimliche Wesen sie berührt hatte.

»Was zur Hölle ist das denn?«, fluchte Michael lauthals, während sie vor der zuckenden, stinkenden und sich bewegende Masse zurückwichen.

Das grässliche amöbenhafte Wesen, zu dem Fitzgerald geworden war, folgte ihren Bewegungen und glitt langsam auf sie zu. Die beiden stolperten fast über die Küchenstühle. Aus einem Impuls heraus griff sich Michael einen der Stühle und schleuderte ihn mitten auf das unheimliche Wesen vor ihm. Das stieß ein lautes Zischen aus, und wo die amorphe Masse das helle Holz berührte, färbte sich dieses dunkel und begann zu qualmen. Abgesehen davon zeigte sich das Ding von der Attacke gänzlich unberührt. Unaufhaltsam kam es näher und näher.

»Das muss ein Ghoul sein!«, schrie Crystal plötzlich, einer Eingebung folgend, auf. »Ich habe darüber schon mal einen Roman gelesen! Die Dinger fressen Leichen, indem sie sie umschließen und mit Verdauungssäften auflösen.«

»Dann sag dem Ghoul mal, dass wir noch nicht tot sind!«, rief Michael mit vor Angst und Aufregung zitternder Stimme.

»Ich glaube, das Ding hat vor, diesen Zustand zu ändern«, keuchte Crystal.

»Wir kommen nicht zur Tür, dazu müssten wir über den Ghoul hinweg!«

Ihre Augen irrten umher, auf der Suche nach einem Ausweg, doch es schien keinen zu geben. Die Falle war perfekt. In diesem Moment stießen sie an die Wand der Hütte. Rechts neben ihnen stand ein Schrank, dort konnten sie nicht weiter. Vor ihnen versperrte der näher rückende Ghoul den Weg, links von ihnen befand sich ein Küchenarbeitstisch mit einem Stuhl davor. Dahinter war dann nur noch die Hauswand mit einem Fenster drin.

»Schnell, da rauf!«, schrie Michael und zog Crystal hinter sich auf die Tischplatte.

Noch im Hochklettern griff er den Stuhl an der Lehne und zog ihn an sich.

»Das nützt doch nichts gegen das Ding!«

Crystal wies mit zitternder Hand auf den Ghoul, dessen Pseudopodien schon die Tischbeine erreicht hatten und sich daran hochschoben.

»Für den ist der Stuhl auch nicht gedacht!«, antwortete Michael.

»Sondern?«

»Dafür!«

Mit diesem Wort stieß Michael den Stuhl durch das Küchenfenster, welches unter der Wucht des Holzes klirrend zerbrach. Ohne besonders auf Scherbenreste zu achten, stieß er Crystal in Richtung der Öffnung. Sie kletterte so schnell wie möglich hinaus. Michael folgte ihr sofort. Hinter ihm zischte wütend der Ghoul, der sich um seine Beute betrogen sah. Er beschleunigte sein Tempo nun, und einer seiner Pseudoarme traf Michael noch am Bein. Mit einem lauten Aufschrei fiel dieser aus dem Fenster und zu Boden. Der kurze Kontakt hatte sofort ein Loch in den Stoff seiner Hose gefressen und einen großen, roten, wie verbrannt wirkenden Fleck hinterlassen. Doch es war keine Zeit zum Ausruhen. Schon quoll der schleimige und stinkende Leib des Leichenfressers aus dem zerborstenen Fenster. Michael rappelte sich mit schmerzverzerrtem Gesicht auf und humpelte hinter Crystal her, die schon in Richtung des Friedhofstores weitergelaufen war.

Im Rennen warf er einen kurzen Blick über seine Schulter zurück und erkannte mit Schrecken, dass das gelbbraune Unwesen nun auch schnell über den Untergrund glitt und ihm folgte. So einfach gab das Monstrum seine frische »Beute« nicht auf.

Als sich Michael dem Ausgang näherte, konnte er erkennen, dass Crystal verzweifelt an dem Tor rüttelte.

»Es ist verschlossen«, schrie sie ihm von Panik erfüllt entgegen. Ihre Augen weiteten sich angstvoll, als sie bemerkte, dass hinter Michael auch der Ghoul anrückte.

»Zur Kapelle«, rief ihr Michael zu. »Da können wir uns vielleicht verbarrikadieren!«

Sie nickte und rannte los. Gleich darauf erreichten beide den Seiteneingang der kleinen Friedhofskapelle. Michael riss die schmale Tür auf, und beide stürmten hinein.

»So ein Mist, man kann sie nicht von innen verriegeln!«, fluchte er lauthals auf.

Er hielt den Türgriff so fest umklammert, dass die Knöchel seiner Hand weiß hervortraten. Da konnte er auch schon spüren, wie von außen an der Holztür gezerrt wurde. Schon wehte der Übelkeit erregende Gestank des finsteren Unwesens durch die Spalten zwischen Holz und Stein zu ihnen herein. Mit aller Kraft stemmte er sich gegen den Versuch des Ghouls, die Tür aufzuziehen.

»Lange halte ich das nicht durch«, rief er ächzend seiner Gefährtin zu.

»Das Ding da draußen ist ziemlich kräftig!«

»Die andere Tür nach außen ist verriegelt, ich kriege die alleine nicht auf«, sagte sie mit Verzweiflung in der Stimme zu Michael.

»Wenn ich hier loslasse, ist das Mistvieh sofort hier drinnen in der Kapelle. Dann gnade uns Gott«, stöhnte der junge Mann. »Uns muss was einfallen, und zwar schnell, sonst sind wir Ghoulfutter!«, fuhr er fort. »Ich bin nicht vor Vampiren geflohen, um dann von so einem Unding gefressen zu werden!«

Die rothaarige Engländerin schaute sich gehetzt in der kleinen Kapelle um, doch außer einem kleinen Weihwasserbecken und einigen ewigen Lichtern auf dem kleinen Altar fand sich nichts, was ihnen auf die Schnelle helfen konnte.

»Mir muss was einfallen, mir muss was einfallen!«, murmelte sie hektisch und nervös vor sich hin, während ihre Augen wieder und wieder durch den Innenraum der Kapelle wanderten.

Plötzlich richtete sie sich kerzengerade auf. Sie hatte eine Idee, und es war vermutlich auch die einzige Chance, die sie hatten.

»Michael!«, schrie sie aufgeregt. »Ich denke, wir haben eine Chance!«

Schnell flüsterte sie ihm ihren Plan ins Ohr, damit das Unwesen draußen vor der Tür nicht mitbekommen konnte, was die beiden jungen Leute vorhatten.

»Triff schnell deine Vorbereitungen«, stimmte Michael flüsternd dem Vorschlag Crystals zu. »Aber beeile dich, meine Kräfte lassen nach. Ich kann die Tür gleich nicht mehr zuhalten!«

Rasch machte sich Crystal daran, ihre Vorstellungen in die Tat umzusetzen. Sie hob das kleine Weihwasserbecken aus seiner Halterung und stellte es vorsichtig neben ein paar brennende ewige Lichter, die sie zuvor schon auf der Sitzbank, die der Seitentür am nächsten war, abgestellt hatte. Dann nickte sie Michael zu. Sie war bereit. Dieser zwinkerte kurz mit den Augen, atmete noch einmal tief durch, ließ die Tür los und versetzte ihr dabei gleich noch einen kräftigen Stoß. Durch den kräftigen Schubs und dem gleichzeitigen Zerren von außen flog die schmale Tür regelrecht auf. Das gelbbraune Unwesen rutschte dadurch ein Stückchen zurück und gab einen überrascht klingenden Zischlaut von sich. Aber das Zurückweichen war nur von kurzer Dauer. Sofort glitt es wieder auf die nun offene Tür zu.

In diesem Moment sprang Crystal in die Öffnung, das Weihwasserbecken in ihren Händen. Mit Schwung schüttete sie das heilige Wasser über den schleimigen Körper des finsteren Geschöpfes. Dieses stieß einen lauten Schmerzlaut aus und wich einige Schrittlängen zurück. Wo das Weihwasser seinen Körper benetzt hatte, waren schwarze, Blasen werfende Flecken entstanden. Der Ghoul stieß eine Reihe von wütenden Klagelauten aus, denn das Weihwasser hatte ihm schwere Schmerzen zugefügt. Es machte ihn rasend, dass er so viel Aufwand betreiben musste, um seiner sicher geglaubten Beute habhaft zu werden. Hätte er sich doch bloß in seiner Hütte beeilt. Doch das Wesen der Finsternis liebte es, mit seinen Opfern zu spielen, sich an ihrer Angst und Panik zu ergötzen. Viel zu selten hatte es Gelegenheit, Frischfleisch zu fressen. Meist plünderte er nur die Gräber leer, wobei er, je nach Verwesungsgrad, den ein oder anderen Leckerbissen vorfand. Die durch das Weihwasser verursachten Schmerzen klangen etwas ab und er wollte sich schon wieder auf die beiden fremden jungen Leute stürzen, da griffen ihn diese erneut an. Michael hatte die Dochthalter von einigen der ewigen Lichter geschraubt, und er schüttete ihren Inhalt, flüssiges Paraffinöl, über den zitternden Körper des Ghouls. Ein Zucken durchlief ihn, doch als das Unwesen merkte, dass ihm das Öl keinen Schaden zufügte, stieß es ein verächtliches Zischen aus und glitt schneller auf den Mann zu. Doch da kam Crystal heran und warf zwei brennende Lichter auf den Ghoul. Das Öl auf seinem Körper fing sofort Feuer, und lodernde Flammen breiteten sich auf ihm aus. Knisternd setzte sich das Gewebe des schleimigen Ghoulkörpers in Brand. Das Wesen der Finsternis stieß entsetzliche Schreie aus, so dass sich die beiden vor Schreck die Ohren zuhielten. Der Ghoul wälzte sich auf dem Gras- und Kiesuntergrund hin und her, aber er vermochte nicht, die verzehrenden Flammen zu löschen. Immer mehr von seinem Körper fing

Feuer, löste sich in schleimig schwarze Tropfen auf, von denen stinkender, fetter Qualm aufstieg. Im Todeskampf zuckten brennende Pseudopodien in alle Richtungen. Doch die Bewegungen wurden immer unkoordinierter, die Schreie des Wesens immer leiser, bis sie ganz erstarben.

Crystal und Michael wandten sich von dem schaurigen Spektakel ab und stürmten in die Kapelle zurück. Gemeinsam schafften sie es, die Verriegelung der größeren Haupttür zu öffnen, und gleich darauf standen sie wieder auf der Old Milton Road vor dem Friedhof. Wie bestellt näherte sich ihnen aus Richtung Fenwyck ein großer Autobus. Die beiden Flüchtlinge winkten heftig, und gleich darauf hielt das Gefährt mit quietschenden Reifen vor ihnen an. Die Tür öffnete sich klappernd, und der erstaunte Blick des Busfahrers, ein älterer Mann um die 55 Jahre alt, musterte die beiden.

»Du meine Güte, wie sehen Sie denn aus?«, fragte er sie, als sie zu ihm in den Bus stiegen.

»Autopanne«, nuschelte Michael hervor, während er eine Banknote aus seiner Hosentasche nestelte. Er hielt sie dem Busfahrer hin.

»Zweimal bis zur Endstation bitte.«

Während der Fahrer die Fahrscheine ausdruckte, machte er mit dem Kopf eine deutende Bewegung in Richtung der Qualmwolke, die neben der kleinen Kapelle in den spätnachmittäglichen Himmel stieg.

»Brennt da was?«, fragte er Michael, der ungeduldig auf sein Wechselgeld wartete.

»Der Friedhofsgärtner«, antwortete dieser. »Er verbrennt da etwas Abfall«, fügte er schnell noch hinzu, als er den verdutzten Gesichtsausdruck des Fahrers bemerkte.

»Ach so, na dann ist ja gut«, sagte dieser dann befriedigt und schloss die Bustür.

Langsam setzte sich das Fahrzeug in Bewegung. Michael ging durch den Mittelgang langsam nach hinten, wo sich Crystal auf einer der Sitzbänke niedergelassen hatte. Sie waren die einzigen Fahrgäste im Bus. Das war Michael ganz recht. Er setzte sich neben Crystal, die ihm kurz zulächelte, dann aber wieder den Blick nach draußen, auf die kleiner werdende Qualmwolke über dem Friedhof, richtete.

»Verrückter Tag, was?«, sagte der junge Mann leise zu der Engländerin.

»Vampire, Ghouls, magischer Bann ...was kommt als Nächstes?«

»Wenn ich das wüsste, Michael, dann wäre mir wesentlich wohler«, antwortete sie ebenso leise und ohne den Kopf zu wenden.

Ihre Hand wanderte dabei zu der Stelle ihrer Kleidung, unter der sich die Mappe mit ihrem Namen darauf, die sie aus Cadwrigham House mitgenommen hatte, befand. Vielleicht würde ja deren Inhalt ein wenig Licht in alles bringen können.

Ein klein wenig fürchtete sie sich aber auch davor, was sie möglicherweise über sich selbst erfahren würde.

Und so hingen Michael und Crystal ihren eigenen Gedanken nach, während der Friedhof hinter ihnen zurückblieb. Schon bald rollte der Bus durch die belebte Straße des Ortes Milton, und das erlebte Grauen verschwand hinter der Lebendigkeit der Bewohner des Ortes. Die beiden jungen Leute kamen etwas zur Ruhe. Doch diese Ruhe sollte nicht von Dauer sein, denn die Zeit der Überraschungen war noch nicht vorbei.

Genauer gesagt, sie fing jetzt erst eigentlich so richtig an. Die beiden ahnten es nur noch nicht.

Michael Fux, der junge deutsche Versicherungsmakler, warf noch einen letzten Blick zurück auf den in der Abendsonne liegenden Friedhof, neben dessen kleiner Kapelle immer noch dicker, schwarzer Qualm aufstieg. Der Linienbus hatte an Geschwindigkeit gewonnen, und in demselben Maße, wie der Friedhof kleiner wurde und in der Ferne verschwand, kam ihm das Geschehene mehr und mehr wie ein surrealer Alptraum vor. Ein Alptraum mit Vampiren und Ghouls als Akteure. Ein Alptraum, der ihn bereits zwei Mal fast das Leben gekostet hatte. Ein schrecklicher Alptraum, der sein bisheriges normales Leben innerhalb eines Tages von den Füßen auf den Kopf gestellt, ja, sein gesamtes Weltbild in Trümmer gelegt hatte. Unwillkürlich begannen seine Hände zu zittern, als die ganze Anspannung der letzten vierundzwanzig Stunden sich zu lösen begann. Von seinen Händen breitete sich das Zittern über seinen gesamten Körper aus. Tränen stiegen ihm in die Augen, und Michael hatte das Bedürfnis, die ganze Angst und das Grauen, welches er erlebt hatte, in die Welt hinauszuschreien. Stattdessen ballte er seine linke Hand zur Faust und steckte sie sich in den Mund, um daraufzubeißen. Statt eines Schreis, der unweigerlich den Busfahrer auf sie aufmerksam gemacht hätte, entrang sich nur ein erstickt klingender, dumpfer Laut seiner Kehle. Wie sollte er von jetzt an noch ein normales Leben führen können? In nur wenigen Stunden hatte er Einblicke in ein finsteres Reich erhalten, von dem er bis heute gedacht hatte, dass dies alles nur den Fantasien von Romanschreibern und Drehbuchautoren entsprungen war. Wurde es schlimm, klappte man das Buch zu oder schloss seine Augen. Aber das war ihm nun nicht mehr möglich. Und ohne diese junge Engländerin, die wie er wohl ohne eigenes Verschulden in die Fänge böser Mächte geraten war, würde er jetzt bereits nicht mehr leben.

»Wie es ihr wohl geht?«, dachte Michael angesichts seiner eigenen Empfindungen.

»Seit wir hier im Bus sind, hat sie kein Wort gesagt, nur aus dem Fenster gestarrt.«

Er wandte sich seiner Schicksalsgefährtin zu, um sie anzusprechen, sich ein wenig über das Erlebte auszutauschen.

»Hör mal, Crystal ...«, sagte er leise, damit der Busfahrer vorne nichts mitbekam, »... ich wollte dich ... Heilige Scheiße!«, endete sein Satz in einem Ausruf grenzenloser Überraschung.

Von Crystal kam ein unwilliger Laut.

»Meinst du nicht, es wäre nicht angebracht, Worte wie ›heilig‹ nach unseren Erlebnissen mit etwas mehr Bedacht zu verwenden?«, meinte sie tadelnd, während sie sich zu ihrem Begleiter hin umdrehte.

Dort registrierte sie überrascht, dass Michael sie aus weit aufgerissenen Augen und mit offenem Mund anstarrte. Gerade so, als würde er sie zum ersten Mal in seinem Leben erblicken.

»Was ist?«, fragte sie, und es klang ein klein wenig alarmiert, was nach ihren nur kurz zurückliegenden Erlebnissen kein Wunder war.

»Habe ich Spinnen auf dem Kopf?«

Nichts. Immer noch keine Antwort von dem gut aussehenden Mann aus Deutschland.

»Hör mal, du jagst mir Angst ein, wenn du mich weiterhin so anstarrst. Was zum Henker ist denn bloß los mit dir?«

»D... D... Dein Haar!«, kam es jetzt wenigstens, wenn auch etwas gestottert, von ihm zurück.

»Sprich bitte in ganzen Sätzen!«, ermahnte Crystal Michael etwas unwirsch. »Was ist mit meinem Haar?«

»Es ist braun!«

Fragend blickte die Engländerin ihren Begleiter an, und es lag eine Spur Zweifel an dessen Geisteszustand in ihrem Blick.

»Spinnst du jetzt völlig?«, antwortete sie lachend und griff in ihr volles, lockiges, schulterlanges Haar.

»Es war schon immer feuerrot. Sieh her!«

Mit diesen Worten zog sie eine Strähne noch vorne deutete darauf und sagte:

»Hier. Es ist ...« Abrupt brach sie mitten im Sprechen ab und starrte auf die Haarsträhne zwischen ihren Fingern.

»Braun ...«, vollendete Michael ihren Satz und klappte seinen Mund wieder zu. Irgendwie beruhigte es ihn, sie mindestens genauso überrascht zu sehen, wie er selbst es bei dem unverhofften Anblick gewesen war.

»Das ... das ... das ...«, stotterte sie völlig perplex herum und starrte dabei auf ihre kastanienbraune Haarsträhne wie auf eine giftige Schlange.

»Das ist ...?«, versuchte Michael vorsichtig ihr beim Formulieren dessen zu helfen, was nicht über ihre Lippen kommen wollte.

»... verrückt!«

Crystal spie das Wort fast aus, denn noch immer weigerte sich ihr Gehirn, das zu glauben, was ihre Augen ihr zeigten.

»Das ist vollkommen verrückt! Wie kann das sein? Kein Mensch wechselt von jetzt auf nachher seine Haarfarbe!«

Michael stieß einen vernehmlichen Seufzer aus.

»Ich bin erleichtert, denn ich dachte schon, dass ich nach all dem Erlebten jetzt doch noch anfange überzuschnappen«, sagte er und gab sich alle Mühe, gelassen zu wirken.

Es gelang ihm allerdings nur unzureichend, wie seine immer noch zitternden Hände belegten. Seine hübsche Begleiterin ließ ihre Haarlocke los, als hätte sie sich gerade ihre Finger daran verbrannt.

»Schwing keine dämlichen Reden, erkläre mir lieber, wie das vor sich gehen konnte!«, fauchte sie ihn heftig an.

Dieser nahm ihr das nicht sonderlich übel, denn er konnte ihr anmerken, dass sie nur so heftig reagierte, weil auch sie bis in ihr Mark erschrocken war.

»Erklären?«, erwiderte er fragend.

»Ich soll dir das erklären? Tut mir leid, das kann ich nicht!«, sagte er dann kopfschüttelnd. »Für Sonderbares bist du zuständig!«

Sie warf ihm einen undefinierbaren Blick zu.

»Wie meinst du denn das jetzt schon wieder?«

»Sieh mal ...«, antwortete Michael und machte mit seinen Händen eine erklärende Geste, »... du hast es immerhin fertiggebracht, Schlösser zu öffnen, ohne einen Schlüssel dafür zu besitzen. Eine bemerkenswerte Fähigkeit. Da hast du einen tollen Trick drauf. Vielleicht reiht sich das mit der Haarfarbe da ja auch mit ein?«

Crystal stutzte bei diesen Worten. Dann wurde sie schlagartig nachdenklich.

»Du meine Güte!«, entfuhr es ihr dann plötzlich, und sie legte dabei die Fingerspitzen ihrer linken Hand auf ihre vollen Lippen.

»Kann das sein? Das wäre ja wirklich mehr als ... Natürlich, es muss so sein!«, murmelte sie dann leise vor sich hin, während ihr Blick geistesabwesend irgendwo in der Ferne verweilte.

Derweil starrte Michael sie fragend an. Schließlich lenkte er winkenderweise ihre Aufmerksamkeit auf sich.

»Hallo! Erde an Crystal ... bist du noch da?«

»Wie? Oh, entschuldige«, antwortete diese, aus ihren Gedankengängen hochgeschreckt. »Mir ist da nur so einiges durch den Kopf gegangen. Weißt du, was ich vor einigen Minuten gedacht habe?«

»Vielleicht, dass wir beide einen schrecklichen Tag hinter uns haben?«, mutmaßte Michael und versuchte ein schiefes Grinsen.

»Ich glaube, über diese Tatsache müssen wir beide wohl keinen Moment lang nachdenken«, gab Crystal zurück und versuchte sich ebenfalls mit der Andeutung eines Lächelns.

»Nein, ich habe mir, als der Bus losfuhr, Gedanken darüber gemacht, ob diese schwarze Brut aus Cadwrigham House uns wohl in Ruhe lässt, oder ob wir damit rechnen müssen, verfolgt zu werden.«

»Das ist mir auch schon durch den Kopf gegangen«, gab Michael zu. »Aber ich verstehe nicht, was das jetzt mit den Chamäleon- Fähigkeiten deiner Haarpracht zu tun hat.«

»Du wirst gleich verstehen, was ich meine«, sagte Crystal und fuhr sich mit einer fahrigen Bewegung durch ihr jetzt kastanienbraunes Haar.

»Ich dachte, falls wir verfolgt werden, dann wäre meine feuerrote Haarmähne viel zu auffällig, und dass es besser wäre, sie umzufärben. In Braun, zum Beispiel. Kastanienbraun. Daran habe ich sogar sehr intensiv gedacht!«

Gespannt und voller Erwartung ob seiner Reaktion blickte sie Michael in seine rehbraunen Augen. Dieser schien zunächst noch ein wenig unschlüssig und wusste nicht, was er von ihren Erklärungen halten sollte. Doch mit einem Mal brach sich die Erkenntnis Bahn, und er begriff.

»Mooooment!«, rief er leise und aufgeregt aus.

»Soll das heißen, du hast daran gedacht, dass es besser wäre, deine Haare hätten eine andere Farbe? Und daraufhin haben …«

»… diese die gedachte Farbe angenommen«, vollendete Crystal seinen Satz.

»Genau das. Ich habe ›kastanienbraun‹ gedacht und sie sind kastanienbraun geworden!«

Michael Fux schüttelte seinen Kopf und verdrehte die Augen.

»Crystal, Crystal«, seufzte er, »Du bist eine richtige Wundertüte! Was hast du denn noch für Überraschungen parat?«

Jetzt war sie es, die seufzte.

»Wenn ich das nur wüsste, Michael. Wenn ich das nur wüsste!«

Ein wenig Hilflosigkeit lag in ihrem Blick, und ihre smaragdgrünen Augen schimmerten feucht.

»Meine Erinnerungen an mein Leben sind wie ausgelöscht. Ich weiß meinen Namen, dass mit meiner Mutter etwas Grauenhaftes geschehen ist und dass ich aus welchem Grund auch immer im Fadenkreuz des Interesses von Leuten geraten bin, denen ich nicht mal in meinen schlimmsten Alpträumen begegnen möchte!«

Einige Tränen lösten sich aus ihren Augen und zeichneten feuchte Spuren auf ihre Wangen.

»Mein Leben ist völlig aus den Fugen geraten, und ich habe keine Ahnung, warum!«

Michael Fux zog Crystal an sich und umarmte sie. Er hatte ganz einfach das Gefühl gehabt, dass die junge Frau jetzt jemanden brauchte, an den sie sich anlehnen konnte. Crystal barg ihren Kopf an seinen Schultern und weinte einige Zeit lang leise vor sich hin. Dann schluckte sie ein paar Mal und setzte sich langsam auf. Der junge Versicherungsmakler entließ sie aus seiner freundschaftlichen Umarmung.

»Ein bisschen besser?«, fragte er sanft.

»Ja, etwas«, antwortete ihm die junge Frau.

Sie nestelte ein Taschentuch aus der viel zu weiten Herrenjacke hervor und schnäuzte sich herzhaft. Danach versuchte sie sogar wieder ein zaghaftes Lächeln.

»Ich komme mir ein wenig blöd vor«, gab sie dann zu.

»Wieso das denn?«, wollte Michael daraufhin erstaunt von ihr wissen.

»Na, ich renne halb nackt durch ein finsteres Haus, befreie dich aus einem noch unangenehmeren Kerker, bringe dann am Nachmittag, anstatt Tee zu trinken, gemeinsam mit dir einen Ghoul zur Strecke – und hocke anschließend im Bus und heule vor mich hin!«

Michael Fux konnte sich ein Lächeln nicht verkneifen.

»Dir sei es erlaubt. Nach dem, was du ... was wir durchgemacht haben, müssten wir beide eigentlich stundenlang durchheulen«, meinte er und zwinkerte seiner neuen Freundin aufmunternd zu.

»Außerdem hast du ja selbst gesagt, dass dir viele Erinnerungen an dich selbst und dein Leben fehlen.

Und das ist doch allemal ein guter Grund, zu heulen, oder?«

»Vielleicht findet sich ja was dazu in der Mappe!«, sagte Crystal zu ihm.

»Was für eine Mappe denn?«, fragte Michael zurück.

Er hatte keine Ahnung, wovon die junge Frau da sprach, denn er hatte ja nicht mitbekommen, dass sie in dem Arbeitszimmer von Cadwrigham House etwas vom Schreibtisch hatte mitgehen lassen.

Crystal vergewisserte sich, dass der Busfahrer nichts von dem bemerkte, was sich da auf einer der hinteren Sitzreihen seines Gefährtes tat. Dann kramte sie die schreibblattgroße, dünne, braune Mappe unter ihrer Kleidung hervor. Michael Fux bekam große Augen, als er ihren Namen darauf lesen konnte.

»Wow!«, entschlüpfte ihm ein überraschter Ausruf.

»Und du hast bisher noch nicht nachgesehen, was in der Mappe ist?«

Mit einem leisen Seufzen verdrehte Crystal ihre Augen.

»Entschuldige«, sagte sie sarkastisch, »aber ich war damit beschäftigt, deinen Knackarsch aus dem düsteren Keller zu retten. Anschließend nahm die Flucht ziemlich viel Zeit in Anspruch. Ach ja, und dann hatte ich noch ein Tête-à-Tête mit einem Ghoul!«

»Oh Mann, friss mich nicht gleich!«, antwortete Michael und hob abwehrend seine Hände. »Ich wollte damit nur sagen, dass ich mir nicht sicher bin, ob ich es so lange ausgehalten hätte, nicht da hineinzublicken!«

»Ob du es glaubst, oder nicht – ich habe richtig Angst davor, die Mappe zu öffnen«, gab seine englische Freundin leise zu.

»Du musst es ja nicht«, sagte er zu ihr, denn er konnte verstehen, was in Crystal vorging.

»Oh, ich werde es tun. Aber nicht jetzt. Nicht hier.«

Sie versteckte die braune Mappe wieder unter ihrer Kleidung. Dann blickte sie Michael ins Gesicht und lächelte schwach.

»Wenn wir in London sind, uns etwas ausgeruht und Abstand von all dem hier gewonnen haben, und, vor allem, wenn ich in anderen Klamotten stecke – dann werde ich den Umschlag öffnen!«

Ihr neuer, deutscher Freund nickte zustimmend. Dann schwiegen beide wieder und hingen, jeder für sich, den eigenen Gedankengängen nach.

Drei Tage später saßen Crystal und Michael in zwei urig-bequemen Ledersesseln eines Starbucks-Coffeeshops im Londoner Stadtteil Soho. Michael trug bequeme Jeans und ein dezent gemustertes, fliederfarbenes Kurzarmhemd, Crystal ein schickes sommergelbes Designerkleid. In London angekommen, hatten sie sich erst einmal neue Garderobe beschafft und dann Unterkunft in einer kleinen Pension gefunden. Denn Crystal hatte noch keinerlei Ausweispapiere, während Michael sich die seinen relativ problemlos über die Deutsche Botschaft in London wiederbeschaffen hatte können. In der kleinen Pension stellte man keine überflüssigen Fragen.

Vor ihnen, auf einem niedrigen Holztisch, standen zwei große Becher Milchkaffee. Daneben lag die ominöse Mappe mit Crystals Namen darauf. Sie kam ihnen jetzt, nachdem sie etwas Abstand von den grausigen Geschehnissen in Cadwrigham House gewonnen hatten, wie ein Requisit aus einem schlechten Horrorfilm vor. Doch gerade die Mappe war Beweis dafür, dass sie alles, was geschehen war, wirklich erlebt hatten.

»Möchtest du nicht wissen, was da drinnen ist?«, fragte Michael die junge Engländerin und zeigte dabei mit einer lässigen Bewegung auf die unscheinbare hellbraune Mappe.

Crystal fuhr sich fahrig durch ihre immer noch kastanienbraune Lockenpracht, während sie dem besagten Objekt auf dem Holztisch einen scheuen Blick schenkte.

»Ja ... und nein ...«, antwortete sie nach einen Moment des Zögerns.

»Einerseits will ich natürlich mehr über mich selbst erfahren. Andererseits habe ich gleichzeitig eine schreckliche Angst davor, was da alles über mich stehen könnte.«

»Was erwartest du denn dort zu lesen?«

Crystal zuckte hilflos mit den Schultern.

»Für jemanden, der so wie ich momentan fast gar nichts mehr über sich selbst weiß, kann jeder Satz ein Schlüssel zum Erinnern sein. Aber wenn da drinsteht, dass ich eine gefährliche Geisteskranke bin, die aus einem Sanatorium geflohen ist, dann möchte ich das lieber nicht wissen!«

»Na, eine Geisteskranke bist du sicher nicht«, meinte Michael schmunzelnd.

»Seltsam vielleicht, aber nicht verrückt.«

»Und ihr Deutschen wundert euch, warum die britische Presse sich auf euch so eingeschossen hat!«, zischte ihm Crystal als Antwort ärgerlich zu.

Doch gleich darauf musste sie über seine Worte schmunzeln. Immerhin hatte er nicht ganz Unrecht damit. Crystal gab der braunen Mappe mit ihrem Namen darauf einen kleinen Schubs mit dem Zeigefinger in Richtung Michael.

»Dafür machst du sie jetzt auch auf!«, bestimmte sie.

Michael seufzte und löste sich aus seiner bequemen Sitzstellung.

»Wenn es denn sein muss!«, sagte er ergeben und griff nach der Dokumentenmappe.

Gespannt beobachtete Crystal, wie Michael einen Verschlussfalz löste und dann den Deckkarton zur Seite schlug. Darinnen lag, noch von zwei schmalen Querfalzen gehalten, ein dicker, weißer Umschlag. Fast die gesamte Breite des zweiten Umschlages wurde von einem großen, kreisrunden und blutroten Siegel eingenommen. Verblüfft starrten beide auf das unerwartete Objekt. Michael glaubte, seinen Augen nicht trauen zu können. Das Siegel wies kein Wappen oder ähnliche Inhaltsmerkmale auf. Stattdessen war es angefüllt mit einer Vielzahl ihm zumeist unbekannter Symbole, die zudem in ständiger Bewegung begriffen zu sein schienen. Wenn man der Bewegung eine Zeit lang mit den Augen folgte, wurde es einem ganz schwummerig zumute.

»So etwas habe ich ja noch nie gesehen!«, murmelte Michael Fux vor sich hin und hob seine rechte Hand, um mit den Fingerspitzen über dieses seltsame Siegel zu streichen.

Im gleichen Moment, als er das große, blutrote Siegel berührte, geschah es.

Er erstarrte mitten in der Bewegung, versteinerte geradezu. Seine Haut wechselte innerhalb von Sekunden von normaler, leicht gebräunter Tönung über aschfahl bis hin zu kreidebleich. Die Augen bekamen einen starren Ausdruck und wurden glasig, die Pupillen darin zu kleinen, schwarzen Punkten verengt. Schweiß trat ihm auf die Stirn. Aus seinem leicht geöffneten Mund drang ein leises, kaum hörbares Wimmern.

Crystal beobachtete die erschreckende Verwandlung mit vor Entsetzen geweiteten Augen. Nur die Tatsache, dass sie sich in einem öffentlichen Café befanden, hielt sie davon ab, einfach aufzuspringen und laut zu schreien. So aber presste sie ihre Faust in den geöffneten Mund und überlegte fieberhaft, was nun zu tun wäre.

»Michael?«, sprach sie ihren Freund leise an, doch der reagierte nicht.

Stattdessen veränderte sich nun auch noch der Rhythmus seiner Atmung. Sie wurde immer flacher und abgehackter, die Pausen zwischen den Atemzügen länger und länger. Leise Panik stieg in Crystal auf, als sie den jungen Deutschen in diesem Zustand sah.

»Michael, was ist denn? Antworte doch!«, drängte sie ihn.

Dabei berührte sie ihn leicht mit den Fingern ihrer linken Hand an seinem Unterarm. Erschrocken zuckte sie zurück, denn seine Haut fühlte sich eiskalt an.

Unschlüssig blickte sich die Frau im Café um. Wen konnte sie um Hilfe bitten? Was würden diese Leute denken? Konnten sie Michael Fux überhaupt helfen?

Denn es waren dunkle Kräfte im Spiel, dessen war sich Crystal sicher. Doch wenn sie gar nichts unternahm, würde ihr Schicksalsgefährte unweigerlich sterben. Dieses schreckliche Szenario stand ihr mit einer großen Gewissheit vor dem inneren Auge. Crystal beugte sich vor und rüttelte ihn möglichst unauffällig am Arm. Es erfolgte wieder keinerlei Gegenreaktion von ihm. Die Situation wurde immer bedrohlicher, denn zwischenzeitlich atmete der Mann kaum noch.

»Verdammt, was ist denn bloß los?«, rief Crystal etwas lauter und schüttelte ihn nun etwas heftiger.

Die ersten Köpfe im Café drehten sich zu den beiden herum. Fahrig wischte Crystal dabei mit der Hand über die Tischfläche. Dabei streifte sie den weißen Briefumschlag, so dass er bis zur Tischkante rutschte und herabzufallen drohte. Die junge Engländerin griff rasch danach. Im gleichen Moment, als der Kontakt von Michael Fux Fingerspitzen zum roten Siegel auf dem Umschlag unterbrochen wurde, ging ein leichtes Zittern durch seinen Körper. Dann klärte sich sein Blick, und mit einem hastigen, tiefen Atemzug holte der Deutsche Luft. Rasch kehrte nun auch wieder die Farbe in sein bis eben noch leichenblasses Gesicht zurück. Verwirrt blickte sich der Versicherungsmakler um, und sein Blick blieb an Crystal hängen, die ihn voller Erleichterung ansah.

»Dem Himmel sei Dank, Michael!«, flüsterte sie ihm zu, und man merkte ihr an, dass eben eine Riesenlast von ihr abfiel.

»Was ...?«, begann Michael zögernd zu sprechen, als er den Umschlag in ihrer Hand entdeckte.

Hastig rückte er ein Stück von ihr ab und zeigte hektisch auf das weiße Papier mit dem blutroten Siegel.

»Tu den Umschlag weg!«, forderte er seine Freundin auf.

»Das ist Teufelszeug, tu es weg!«

Panik stand in seinem Gesicht geschrieben, und er blickte den Umschlag an, als würde Crystal eine haarige Riesenspinne in ihrer Hand halten.

Diese blickte entgeistert vom Umschlag zu Michael hin und wieder retour. Dann hob sie das Papiergebilde in die Höhe, um es genau zu betrachten. Als sich die Fingerspitzen ihrer anderen Hand dem blutroten

Siegel näherten, gab Michael einen erstickt klingenden Laut von sich.

»Tu's nicht!«, bat er Crystal eindringlich.

»Als ich das Siegel berührt habe, verschwand die Welt um mich herum. Ich sah eine Endzeitvision. Alles war zerstört, stand in Flammen, brannte. Überall lagen tote Männer, Frauen und Kinder. Die Luft war erfüllt von Gestank und Qualm, der mir die Luft raubte. Ich hatte nur noch einen einzigen Wunsch, nämlich den, auf der Stelle zu sterben!«

Crystal zögerte einen Moment.

»Michael, wenn ich es nicht versuche, dann werde ich nie wissen, was in dem Umschlag drin ist. Er war doch schließlich an mich adressiert. Ich werde ihn öffnen!«, sagte sie entschlossen zu ihrem Freund.

Dieser wollte noch mehr Argumente gegen den Versuch vorbringen, doch die junge Engländerin legte ihm nur sanft die Hand auf den Unterarm und schüttelte ihren braungelockten Kopf.

»Du brauchst nichts zu sagen, mein Lieber«, flüsterte sie ihm leise zu.

»Wenn ich anfange, mich seltsam zu verhalten, dann reiß mir den Umschlag einfach aus der Hand, okay?«

Der Deutsche atmete einmal tief ein, schloss kurz seine Augen und atmete dann seufzend wieder aus. Er blickte seiner Lebensretterin in die smaragdgrünen Augen.

»Also gut, versuch dein Glück«, stimmte er dann schweren Herzens zu.

Gespannt beobachtete er Crystal, die sich nun konzentriert dem Briefumschlag widmete. Langsam und zögernd näherten sich ihre Fingerspitzen erneut dem Blutsiegel. Michael hielt unwillkürlich den Atem an, als sie das seltsame Material berührte. Zu seiner grenzenlosen Erleichterung geschah nichts, oder besser gesagt, es geschah nicht, was er befürchtet hatte. Denn unmittelbar nach der Berührung durch Crystals Fingerspitzen setzte sehr wohl eine Reaktion ein. Die seltsamen, sich in Bewegung befindlichen Symbole im Siegel begannen urplötzlich einen rasenden Tanz zu vollführen.

»Oh!«, entfuhr es der jungen Engländerin, überrascht von der seltsamen Reaktion des Siegelmaterials.

Gebannt verfolgten die beiden, wie sich die Zeichen neu anordneten. Sie bildeten zwei verschnörkelt wirkende Buchstaben aus.

»Das eine sieht aus wie ein ›R‹«, sagte Michael nach einigen Sekunden.

»Ja, und das andere könnte ein ›B‹ sein«, ergänzte Crystal.

»›B‹ wie ›Blair‹«, mutmaßte sie weiter.

»Könnte sein«, stimmte ihr Freund zu. »Aber was bedeutet dann das ›R‹?«

Crystal zuckte mit ihren Schultern, denn darauf wusste sie auch keine Antwort.

»Sieh mal, was geschieht denn jetzt?«, rief sie dann gleich darauf leise aus und machte eine deutende Bewegung mit ihrem Kopf in Richtung des Siegels.

Verblüfft beobachteten die beiden jungen Leute, wie sich das Blutrot des Siegels langsam verfärbte, blasser und blasser wurde. Gleichzeitig begann es, sich zu zersetzen. Es zerfiel vor ihren Augen zuerst zu grauem Staub, bis es schließlich spurlos verschwand. Nun lag der geheimnisvolle Umschlag offen vor ihnen. Gespannt warteten die beiden noch einen Moment ab. Doch als nichts mehr geschah, ermunterte Michael die junge Engländerin mit einem Kopfnicken dazu, den Inhalt des Umschlages hervorzuholen. Mit skeptischem Blick griff Crystal vorsichtig nach dem Papier und klappte den Verschlussfalz langsam auf. Anschließend hob sie den Umschlag etwas hoch und ließ dessen Inhalt auf die Tischplatte fallen. Sie erblickten einen weiteren, kleineren Brief, ein zusammengefaltetes Stück Papier und außerdem ...

»Ein Führerschein, ausgestellt auf meinen Namen. Und ein Reisepass!«, sagte Crystal freudig überrascht.

Sie blickte Michael lächelnd an und hielt ihm die unerwarteten Dokumente aufgeregt entgegen.

»Hier! Ich bin wieder wer, ich existiere!«

»Daran habe ich nie gezweifelt«, erwiderte der Deutsche und schenkte ihr ein warmes Lachen.

Er freute sich mit ihr und nahm auch sogleich die Ausweispapiere in Augenschein.

»Da steht auch eine Adresse drin«, meinte er kurz darauf und hielt Crystal den Führerschein entgegen. »5, Thornton Hill.«

»Das ist in Wimbledon draußen!«, entfuhr es Crystal.

Michael blickte sie erstaunt an.

»Woher weißt du das?«, wollte er wissen.

Seine Freundin zuckte nur mit den Schultern.

»Kann ich dir nicht sagen«, antwortete sie ihm.

»Als du den Straßennamen und die Hausnummer vorgelesen hast, wusste ich einfach, wo das ist!«

Plötzlich fiel ein Schatten auf ihr Gesicht, und die eben noch fröhlich funkelnden Augen wirkten übergangslos traurig und begannen feucht zu schimmern.

»Da können wir auf keinen Fall hin«, gab sie mit tonloser Stimme von sich.

»Dort haben sie meine Mutter ...«

Sie brach ab und wischte sich hastig ein paar Tränen aus den Augenwinkeln. Michael reichte ihr fürsorglich ein Taschentuch, welches sie dankbar annahm.

»Ich denke, wir sollten sehen, was noch so in dem Umschlag ist!«

Rasch griff sie nach dem Blatt Papier und faltete es auseinander. Kopfschüttelnd und murmelnd überflog sie das Geschriebene, wobei ihr Gesicht einen immer ungläubigeren Ausdruck bekam.

»Was ist? Was steht denn da?«, drängelte Michael, denn er wollte natürlich auch wissen, was sie da soeben durchlas.

»Das glaubst du nicht!«, antwortete sie fast flüsternd. »Der Brief ist ... von meinem Vater!«

»Dein Vater?«, fragte Michael überrascht zurück.

»Kanntest du ihn denn überhaupt?«

Crystal schüttelte ihren Kopf.

»Nein«, gab sie zur Antwort, »Meine Mutter hat nie etwas von ihm erzählt. Immer, wenn die Sprache auf meinen Vater kam, wechselte sie das Thema. Einmal merkte sie an, dass die Zeit noch nicht reif wäre.«

»Reif wofür?«

»Keine Ahnung«, meinte Crystal schulterzuckend.

»Seltsam – bis eben hatte ich das alles vergessen gehabt. Aber jetzt kommen die Erinnerungen richtig schubweise bei mir an!«

»Was schreibt dein Vater denn?«, lenkte Michael das Gespräch wieder auf den Brief zurück.

»Seltsame Dinge«, antwortete die junge Engländerin.

»Ich werde nicht hundertprozentig schlau daraus. Hör zu!«

Damit begann sie, den kurzen Brief mit leiser Stimme vorzulesen.

»Crystal, geliebte Tochter, diese Zeilen wurden dir von deinem Vater geschrieben. Du wirst überrascht sein, von mir zu hören, habe ich doch in deinem bisherigen Leben keine Rolle gespielt. Es gab gute Gründe für mich, dir nicht nahe zu sein, wenn es mich auch oft sehr schmerzte. Noch wirst du es nicht verstehen, aber der Zeitpunkt ist nahe, wo du erfährst, dass es keinen anderen Weg gab. Wenn du diese Zeilen liest, dann bedeutet dies, dass dunkle Mächte auf dich aufmerksam geworden sind, die dich für ihre eigenen, finsteren Vorhaben missbrauchen wollen. Der Grund dafür ist das Erbe, welches du durch mich in dir trägst. Mit der Zeit wirst du bestimmte Fähigkeiten entwickeln, die andere ausnutzen wollen. Du darfst es nicht dazu kommen lassen. Du musst den Kampf gegen die Finsternis aufnehmen. Jetzt, da sie deine Spur haben, werden diese Mächte nichts unversucht lassen, dich in ihre Gewalt zu bekommen. Traue niemandem, bei dem du dir instinktiv unsicher bist. Dein Leben ist in Gefahr. Begib dich auf dem schnellsten Wege nach Blair House, dem Anwesen, das ich für den Fall der Fälle für dich und deine Mutter geschaffen habe. Dort bist du fürs Erste sicher. Die Adresse ist 7, Longfield Drive, im Londoner Stadtteil Richmond. Damit du finanziell unabhängig bist, habe ich dir in einem Brief beiliegend die Verfügung über mein Vermögen übertragen. Brich sofort auf. Lass alles stehen und liegen. Für den Notfall liegen dem Umschlag Ausweispapiere für dich bei. Und sei beruhigt – außer dir konnte niemand vom Inhalt des Umschlags Kenntnis nehmen. Mein Siegel hätte das nicht zugelassen. Eher hätten sich Fremde bei dem Versuch, es zu brechen, selbst entleibt. Wenn die Zeit reif ist und die Umstände es erlauben, werde ich Kontakt zu dir aufnehmen und alles genauer erklären. Ich liebe dich, meine Tochter! Und jetzt: geh!«

Crystal hob ihren Kopf und blickte Michael mit einem etwas ratlosen Blick an.

»Das war's.«

»Kein Rätsel gelöst, dafür hundert neue Fragen gestellt«, meinte Michael ebenso ratlos wie sie.

»Aber er scheint sich wirklich Sorgen um dich zu machen. Immerhin haben wir jetzt eine Unterkunft. Ich denke, wir sollten dem Ratschlag deines Vaters folgen und zu dem Haus fahren, dessen Adresse er uns genannt hat.«

»Ja«, stimmte Crystal zu, »Ich habe das starke Gefühl, dass es wirklich am besten wäre, sofort nach Blair House aufzubrechen. Lass mich nur noch schnell nachsehen, was es mit der Finanzverfügung auf sich hat.«

Mit diesen Worten öffnete sie den kleineren Brief und entnahm die darin befindliche notarielle Verfügung. Schnell las sie die Zeilen des Textes durch. Anschließend blickte sie Michael mit großen Augen an, öffnete den Mund, um etwas zu sagen, schnappte dabei ein paar Mal nach Luft, wie ein Fisch auf dem Trockenen – und fiel mit einem lauten Seufzer in Ohnmacht. Dabei rutschte sie von ihrem Sessel zu Boden. Das alles geschah so schnell, dass Michael keine Chance gehabt hätte, irgendwie einzugreifen.

»Crystal!«, entfuhr ihm ein halblauter, erschrockener Schrei.

Die Köpfe im Café drehten sich zu ihnen herum. Neugierige Blicke musterten die beiden und sahen zu, wie sich Michael rasch neben die am Boden liegende Crystal hinkniete und ihr die Wangen tätschelte.

»Ist Ihre Frau krank?«, kam eine besorgte Frage von einer der Angestellten.

Rasch kam sie hinter ihrer Theke hervor und lief zu ihnen hinüber.

»Soll ich einen Krankenwagen rufen?«

»Nein, nein, das ist nicht nötig!«, wehrte Michael erschrocken ab.

»Sie ist schwanger«, fügte er dann noch hastig hinzu, als er den fragenden Blick der Angestellten gewahr wurde. »Seitdem fällt sie drei Mal in der Woche in Ohnmacht. Ist aber alles in Ordnung. Helfen Sie mir bitte nur, sie wieder in den Sessel zu bugsieren!«

Gemeinsam setzten sie die Bewusstlose in den bequemen Sessel zurück. Da sich Crystal nun auch schon wieder zu regen begann, trollte sich die Angestellte beruhigt wieder davon und ging zu ihrem Tresen zurück.

Währenddessen schlug die junge Engländerin auch schon wieder ihre Augen auf und blickte sich verwirrt im Coffeeshop um, bis ihr Blick an dem Deutschen hängen blieb.

»Was war denn los?«, fragte sie Michael, »Warum starren uns denn alle so an? Warum starrst du mich so an?«

»Weil du dich mir ohne Vorwarnung vor die Füße geworfen hast«, entgegnete Michael, erleichtert, dass nichts Ernsthaftes geschehen war.

»Du hast den Brief vom Notar gelesen und bist dann ohne Vorwarnung in Ohnmacht gefallen. Was, um Himmels willen, war denn los mit dir?«

»Na, wenn dir dein Vater so mir nichts, dir nichts die Verfügung über knapp 400 Millionen Pfund übertragen hätte, dann wärst du sicher auch geschockt gewesen!«, antwortete Crystal trocken. »Das muss man erst mal verdauen!«

Michael starrte sie mit offenem Mund an.

»V... vierhundert ...?«, stammelte er baff.

»Millionen Pfund!«, ergänzte Crystal ernst.

»Ich weiß wirklich noch nicht, ob ich jetzt lachen, weinen oder überschnappen soll!«

»Und ich brauche noch einen Kaffee!«, sagte Michael sichtlich erschüttert.

Er stand auf und begab sich Richtung Tresen.

»Bring mir bitte auch noch einen mit!«, rief ihm Crystal hinterher.

Anschließend saßen sie noch eine ganze Zeit lang zusammen und diskutierten all die Überraschungen, die ihnen der Umschlag aus dem Vampirhaus beschert hatte. Am Ende kamen sie überein, den Empfehlungen von Crystals unbekanntem Vater zu folgen und dabei auf das Gefühl von ihr zu vertrauen, welches ihr sagte, dass es in ihrer Situation tatsächlich das Beste sein würde, was sie tun konnten.

Und so verließen sie am späten Nachmittag das Kaffeehaus in Soho, um gleich darauf ein herbeigerufenes Taxi zu besteigen. Beide hatten keine Ahnung, was sie am Ziel ihrer Fahrt, im Longfield Drive, einer Straße im Londoner Stadtteil Richmond, erwarten würde.

»Aber ich sage Ihnen doch Madam, dass da nichts mehr ist!«

Die Stimme des indisch aussehenden Taxifahrers klang genervt, und der Blick, den er Crystal zuwarf, machte sehr deutlich, dass er ernsthaft an ihrem Geisteszustand zweifelte. An diesem zweifelte die junge Engländerin zwischenzeitlich auch so langsam. Wenn sie nämlich aus dem Fenster des bauchigen, schwarzen und absolut typischen Londoner Taxis nach draußen blickte, erkannte sie ganz klar, dass sich der Longfield Drive noch ein gutes Stück fortsetzte. Dabei hatte der Nachmittag ganz gut angefangen.

Nachdem Crystal den Inhalt des geheimnisvollen Umschlages mit ihrem Namen darauf in Augenschein genommen hatte, waren sie und ihr Begleiter, der deutsche Versicherungsmakler Michael Fux, in jenes besagte Taxi gestiegen. Sie wollten zum Longfield Drive Nr. 7, einer Adresse in Richmond, von der Crystals unbekannter Vater, der sich in einem Brief erstmals überhaupt bei ihr zu Wort gemeldet hatte, behauptet hatte, dass es ein sicherer Ort für seine Tochter wäre. Zunächst verlief die Fahrt auch völlig normal. Crystal und Michael bemühten sich, über Unverfängliches zu reden, und der Taxifahrer gab, wie es Taxifahrer eben zu tun pflegen, zu allem Möglichen ungefragt seinen Senf dazu. Dann war der Longfield Drive im Londoner Stadtteil Richmond erreicht. Als sie langsam in dem schwarzen Cab die Straße entlangrollten, konnte Crystal, die erwartungsvoll den Kopf aus einem Seitenfenster gestreckt hatte, ganz am Ende der Straße gerade noch ein großes Anwesen erkennen. Ungeduldige Aufregung hatte sich in ihr ausgebreitet, und sie war so unruhig auf ihrem Sitz hin und her gerutscht, dass Michael besorgt anfragte, ob das Sitzpolster unter Strom stehen würde. Crystal ihrerseits fragte sich, warum Michael denn so ruhig blieb, angesichts der Tatsache, dass sie jeden Moment vor dem Haus ihres Vaters stehen würden. Doch der indische Taxifahrer hatte hier, an einem kleinen Platz, der wie eine Wendeplatte für PKW wirkte, urplötzlich angehalten und behauptet, dass sie am Ziel ihrer Reise wären. Crystal hatte die Äußerung zuerst für einen Scherz gehalten, zumindest so lange, bis der dunkelhäutige und schnauzbärtige Mann den Preis für ihre Fahrt nannte und abkassieren wollte. Entrüstet verlangte die rothaarige Engländerin die Fortsetzung der Fahrt bis an das eigentliche Ziel.

Daraufhin war sie vom Taxifahrer verdutzt angeschaut worden, und auch Michaels Gesicht mutierte zu einem fleischgewordenen Fragezeichen.

»Möchten die Herrschaften jetzt bitte bezahlen?«

Die Stimme des Taxifahrers klang zunehmend ungeduldig und genervt.

»Ich kann hier nicht den ganzen Tag herumstehen und über Straßen diskutieren, die nicht vorhanden sind. Zeit ist Geld, und Geld muss verdient werden!«

Ein vorwurfsvoller Blick traf Crystal, die endlich einsah, dass außer ihr offensichtlich keiner die ominöse Weiterführung der Straße sehen konnte.

Seufzend stiegen die beiden jungen Leute aus dem Fond des schwarzen Taxis. Michael holte etwas Geld aus seiner Hosentasche hervor und trat zum Fahrerfenster des Cabs hin, um die Fahrt zu bezahlen. Der Inder nahm die Scheine in Empfang und winkte dann Michael näher zu sich heran. Dieser beugte sich vor.

»Sie sollten Ihre Freundin mal zum Arzt schicken«, raunte ihm der Taxifahrer leise in einem vertraulichen Tonfall zu. »Sachen zu sehen, die nicht da sind, ist nicht gut, gar nicht gut!«

»Ich danke Ihnen für den guten Rat«, gab Michael ebenso leise zurück, nickte dem Mann freundlich zu, erhob sich wieder und trat einen Schritt zurück.

Mit aufheulendem Motor und leise quietschenden Reifen brauste das Taxi davon und ließ Crystal und Michael allein im Longfield Drive zurück.

»Was hat denn dieser unmögliche Mensch noch von dir gewollt?«, fragte Crystal ihren Schicksalsgenossen neugierig.

»Dass ich dich in die Klapse stecken lassen soll«, antwortete dieser trocken.

»Da gehört dieser Typ eher hin als ich!«, empörte sich Crystal daraufhin.

»Dass die Straße noch weitergeht, ist doch wirklich nicht zu übersehen!«

»Na ja ...«, gab Michael skeptisch von sich.

»Was heißt hier ›Na ja‹?«

»Wenn ich ehrlich bin – ich sehe auch nur eine kleine Wendeplatte, die in eine Wiese übergeht. Und ganz weit hinten ist dann der Waldrand zu erkennen.«

Crystal stand wie vom Donner gerührt da und blickte ziemlich entgeistert von ihm zur Straße und wieder zurück.

»Das ... ist nicht dein Ernst, oder?«, fragte sie stockend und mit dem Hauch einer sich anbahnenden leisen Verzweiflung in der Stimme.

Michael fuhr sich mit einer Hand durch seinen kurzen, braunen Haarschopf und trippelte verlegen mit den Füßen hin und her.

Crystal hob daraufhin in einer ergebenen Geste ihre beiden Hände empor und warf einen resignierten Blick in den Himmel.

»Alles klar!«, sagte sie und heftete ihren Blick wieder auf den schlanken Deutschen.

»Alles klar, ich verliere endgültig den Verstand. Bring mich bitte in die nächste Irrenanstalt!«

Michael kam langsam zu ihr herübergeschlendert und wusste im Moment wirklich nicht, wie er seine Freundin trösten konnte. Die stand mit hängenden Schultern da und blickte wieder in die Richtung, in der er nur das Gras und sie die Straße sah.

»Crystal ...«, begann er zögerlich, wurde aber sogleich von einem müden Winken ihrerseits unterbrochen.

»Lass mal, Michael«, sagte sie leise zu ihm, »Ich weiß, du meinst es ja nur gut mit mir.«

Sie legte ihm ihre rechte Hand auf seinen linken Unterarm und versuchte ein zaghaftes Lächeln.

»Aber alles reiht sich irgendwie nahtlos in all die seltsamen Vorgänge der letzten Tage und Stunden ein. Dabei wünschte ich mir so sehr, dass du das siehst, was ich sehe, damit ich weiß, dass ich wirklich nicht auf dem besten Weg dahin bin, überzuschnappen!«

Sie wandte ihren Blick von der von hellem Nachmittagssonnenlicht überfluteten Stichstraße ab und blickte den ehemaligen Versicherungsmakler traurig an. Der hatte sich bei ihren letzten Worten förmlich versteift. Sein Kiefer sank langsam herab, so dass sich sein Mund öffnete. Die Augen wirkten einen Moment lang wie verschleiert.

»Michael?«

Crystal klang besorgt, denn sie hatte den Vorfall von vorhin, als sie im Starbucks Café im Londoner Stadtteil Soho gesessen hatten, nicht vergessen.

Doch da klärte sich der Blick des jungen Mannes auch schon wieder. Seine Pupillen zogen sich zusammen, weiteten sich jedoch sofort wieder, und das eben noch ausdruckslos erscheinende Gesicht verwandelte sich schlagartig in eine Maske grenzenloser Überraschung. Aus dem halb geöffneten Mund drang ein erstauntes »Ach du Scheiße!« hervor, und Michael taumelte einen Schritt zurück.

»Michael, was ...?«

Der Angesprochene fuchtelte aufgeregt mit ausgestrecktem Arm in die Richtung, wo sich laut Crystal die unsichtbare Straße befinden sollte.

»Da ... da ... da!«, stammelte er fassungslos.

»Da, da, was?«, fragte Crystal verwirrt zurück.

»Deine Straße, ich sehe deine verdammte Straße!« Michael schrie fast vor Aufregung.

Jetzt war es Crystal, die große Augen bekam. Ihr Herz begann vor Aufregung wie wild zu schlagen.

»Du siehst es wirklich?«, fragte sie verunsichert zurück. »Kein Scherz? Du siehst, was ich auch sehe?«

»Was du siehst, weiß ich wirklich nicht, meine Liebe«, antwortete Michael, nicht minder aufgeregt.

»Aber ich sehe eine schmale Stichstraße, die ein gutes Stück weiterführt und an deren Ende sich so etwas wie ein langer Zaun oder so zu befinden scheint. Und dahinter ... ein ziemlich großes Gebäude ...«

»Halleluja!«, schrie Crystal erleichtert aus und fiel dem schlanken Mann ungestüm um den Hals.

»Was ist denn jetzt los?«, fragte dieser, von diesem unerwarteten Ansturm verblüfft.

Crystal löste sich langsam wieder von ihm und wischte sich die feuchten Augenwinkel aus.

»Entschuldige den Überfall«, sagte sie und schluckte ein paar Mal heftig.

»Es ist nur die Erleichterung, dass ich doch nicht überzuschnappen scheine!«

Michael setzte ein anzügliches Grinsen auf.

»Och, ich habe nichts dagegen, wenn du mir noch ein paar Mal um den Hals fällst«, meinte er grinsend und zwinkerte.

»Wenn es dafür nötig ist, Straßen zu sehen, werde ich ab jetzt jede Menge Straßen sehen!«

»Mach dir nur keine überflüssigen Hoffnungen, mein Freund!«, erwiderte Crystal schnippisch, lächelte dabei aber fröhlich.

»Du hast mich zwar schon fast nackt gesehen, aber dabei bleibt es vorerst auch! Bevor ich nicht weiß, wer ich eigentlich bin, werde ich mich auf kein amouröses Abenteuer einlassen!«

»Autsch!«, sagte Michael und setzte ein betrübtes Gesicht auf.

»Das war deutlich! Aber keine Angst: ich schätze deine Freundschaft viel höher ein als deinen göttlichen Körper!«

Crystal schenkte ihm einen verwirrt wirkenden, misstrauischen Blick.

»Wie meinst du das denn nun schon wieder?«, fragte sie streng.

Michael lachte und legte einen Arm um ihre Schulter.

»Dass du wie eine Schwester für mich bist«, erklärte er schmunzelnd.

»Ich liebe dich wie eine Schwester, und ich werde dich beschützen, wie es ein großer Bruder gegenüber kleinen Schwestern zu tun pflegt!«

Jetzt musste auch Crystal lachen, und sie hauchte dem aus Deutschland stammenden Freund einen Kuss auf die Wange.

»Danke, Michael, ich weiß deine Freundschaft wirklich zu schätzen. Und ich nehme ›den großen Bruder‹ in dir dankend an!«

Dann machte sie mit dem Kopf eine Geste in Richtung der geheimnisvollen Stichstraße.

»Was machen wir, mein großer Bruder?«, fragte sie leise, »Sollen wir nachsehen, was uns dort am Ende der Straße erwartet?«

»Bis zur Unendlichkeit und noch viel weiter«, gab Michael zur Antwort, was ihm zuerst einen fragenden Blick, dann einen Knuff in die Rippen einbrachte.

Doch dann atmeten die beiden noch einmal tief durch und setzten die ersten Schritte auf die Straße, welche ihnen eine mehr als ungewisse Zukunft zu verheißen schien. Doch hatten sie eine Wahl? Die

Antwort war ein klares Nein. Auch deswegen schritten sie forsch voran.

Langsam näherten sie sich dem Grundstück am Ende der Stichstraße, und bald konnten sie auch die ersten Einzelheiten erkennen. Demnach war das gesamte Grundstück von einem schmiedeeisernen, hohen Zaun umgeben, dessen Eckpunkte runde, steinerne Säulen bildeten. Zwei weitere Säulen in der Front des Zauns begrenzten ein mächtiges Portal.

Dahinter erhob sich, was aber noch nicht klar erkennbar war, ein mindestens zweistöckiges, großes Gebäude. Michael meinte, so etwas wie eine Kuppel ausmachen zu können, war sich darin jedoch noch nicht ganz sicher. Ein anderes Gefühl schien ihm im Moment wesentlich dringlicher. Es war das Gefühl, beobachtet zu werden. Ganz so, als wenn man plötzlich denkt, Blicke zu spüren, die sich auf einen gerichtet haben. Dreht man sich dann plötzlich um, ist nichts zu erkennen. Genau so erging es dem jungen Deutschen. Er hatte ohne Vorwarnung eine Gänsehaut bekommen und fühlte sich, als ob tausend Augen auf ihn gerichtet wären. Da er Crystal nicht unnötig beunruhigen wollte, behielt er seine Empfindungen zurück. Nichtsdestoweniger hatte er sich mehrmals verstohlen umgeschaut und die ganze Umgebung so genau, wie es ihm möglich war, abgesucht. Doch er konnte außer ein paar schwarzer Krähen in den am Straßenrand stehenden Bäumen nichts Ungewöhnliches entdecken. Michael wusste allerdings nicht, ob er sich deswegen beruhigter fühlen sollte. Es wäre ihm lieber gewesen, dass ihm irgendetwas einen Grund für sein ungutes Gefühl geliefert hätte. Erneut ließ er seine Blicke durch die Gegend schweifen. Dabei registrierte er aus den Augenwinkeln, dass die schon ziemlich tief stehende

Nachmittagssonne rubinrot glänzende Lichtfunken in die volle Haarmähne Crystals zauberte. Es dauerte einige Momente, bis ihm bewusst wurde, was diese Beobachtung bedeutete. Doch schließlich drang die darin enthaltene Information bis in sein Bewusstsein vor.

»Du hast ja deine normale Haarfarbe wieder!«, brach es überrascht aus ihm hervor.

»Was?«

Hastig fuhr sich Crystal mit der Hand durch ihre Mähne und zog eine Locke so hervor, dass sie sie betrachten konnte.

»Na endlich!«, meinte sie nach einigen Sekunden erleichtert.

»Ich dachte schon, ich müsste ab jetzt immer als Brünette herumlaufen. Dabei steht mir diese Haarfarbe ja absolut nicht.«

»Wie kommt es, dass sich deine richtige Haarfarbe ausgerechnet jetzt wieder eingestellt hat?«, fragte Michael nachdenklich.

Crystal zuckte mit ihren Schultern.

»Die Aussicht auf eine sichere Unterkunft vielleicht?«, mutmaßte sie.

»Sichere Unterkunft? Da wäre ich mir aber nicht so sicher«, schränkte der junge Deutsche ein und rieb sich nachdenklich den Nacken.

Crystal blieb stehen und wartete, bis ihr Freund, der einige Schritte hinter ihr ging, aufgeholt hatte.

»Warum soll ich mir in Bezug auf unsere künftige Unterkunft nicht so sicher sein?«, wollte sie dann von ihm wissen.

»Weil ich ein verdammt ungutes Gefühl habe, seit wir auf dieser seltsamen Straße laufen«, gab er unumwunden zu.

»Ach ja?«

Crystal klang verunsichert, und ihr Blick forderte den ehemaligen Versicherungsmakler zu weiteren Erklärungen auf.

»Mir ist, als würden mich tausend Augen beobachten. Ich fühle richtig, wie sich unsichtbare Blicke in meinen Rücken bohren. Dauernd laufen mir kalte Schauer über die Haut. Mein ganzer Körper kribbelt wie unter Hochspannung. Ich habe das Empfinden, dass es besser wäre, die Beine in die Hand zu nehmen und zu rennen, als wäre der Teufel selbst hinter uns her. Was wahrscheinlich sogar den Punkt treffen würde!«

Er schwieg kurz und musterte die schlanke, rothaarige Frau, auf der Suche nach Merkmalen, die zeigen würden, ob es ihr ähnlich ging. Ihre angespannte Miene schien tatsächlich Bände zu sprechen.

»Fühlst du nicht auch etwas?«, fragte er dann geradeheraus.

»Doch ...«, gab Crystal zögernd zurück.

»Mir ist gleich aufgefallen, dass irgendetwas nicht stimmt. Kein einziger Vogel singt, obwohl da vorne, als wir aus dem Taxi stiegen, ringsherum noch munteres Gezwitscher zu hören war. Außerdem bekomme ich auch ständig eine Gänsehaut, und all meine bewussten und unbewussten Sinne signalisieren eine unbekannte Bedrohung!«

Jetzt war sie es, die Michael in die braunen Augen blickte.

»Ich schob es auf meine überreizten Nerven. Außerdem habe ich mir dauernd gesagt, dass es ja nicht wahr sein könnte. Mein Vater sprach doch von einem sicheren Ort.«

Michael kratzte sich an der Stirn und blickte ziemlich betreten drein.

»Dein Vater sprach von einem sicheren Haus, Crystal«, erklärte er dann leise. »Aber noch sind wir nicht in diesem Haus, verstehst du?«

»Es wäre ja auch zu schön gewesen«, seufzte die junge Engländerin.

»Dann schlage ich vor, wir folgen deiner Eingebung und rennen ein paar Meter. Wir sollten wohl zusehen, dass wir möglichst schnell von der Straße wegkommen, was?«

Michael nickte wortlos, und so rannten sie die letzten Meter, bis sie vor dem hohen, eisernen Zaun standen, der das Blair-Anwesen umgab.

»Wow!«, entfuhr es Michael, als er durch den Zaun das stattliche Anwesen musterte.

Crystal erging es ähnlich. Sie fasste sich allerdings stumm an den Kopf und schüttelte diesen angesichts dessen, was sie erblickte. Die Frontseite des Blair-House-Grundstückes war mindestens neunzig Meter breit, die Längsseiten schienen sogar noch ein Stück länger zu sein. Alles in allem schätzte Michael mit beruflich geschultem Blick die Fläche des Anwesens auf gut neuntausend Quadratmeter. Es war ringsherum von einem schmiedeeisernen, mindestens fünf Meter hohen Zaun umgeben. Dabei handelte es sich nicht um einen der allseits bekannten, herkömmlichen Metallzäune. In die Gitterstruktur eingearbeitet waren eine Unmenge an Symbolen, Buchstaben und Zeichen, von denen sowohl er als auch Crystal kaum eines kannten. Einzig den Fünfstern, das Pentagramm, kannte Michael. Augensymbole, die sehr häufig auftauchten, stufte er ebenfalls als bekannt ein. Doch der ganze Rest ergab für ihn keinen Sinn. Hinter dem Gitter verliefen in verschiedenen Höhen Metalldrähte, die sowohl zur Detektion dienen konnten, aber ebenso gut dafür geeignet waren, elektrischen Strom zu führen. Den an den vier Ecken des Zauns und den Pfosten des Portals emporragenden massiven Steinsäulen waren meterhohe, silbern glänzende Heiligenstatuen aufgesetzt worden. In der Mitte des riesigen Grundstücks erhob sich ein nicht minder gewaltig wirkender zweistöckiger Bau. Mauerführung und Bauweise ließen Michael vermuten, dass dieses riesige Haus mit einer geschätzten Breite von gut sechzig Metern in der Form eines Fünfecks errichtet worden war, ganz so wie das amerikanische Verteidigungsministerium, das Pentagon.

Das Erdgeschoss des Hauses wies nur vergitterte Fenster auf. Im ersten Stock schien sich ein rundumlaufender, ins Innere versetzter Balkon zu befinden. Die vordere Spitze des ersten Stocks überragte das Erdgeschoss, so dass sich der Eingang unter einer Art Vordach befand. Oben, auf dem Haus, in dessen Mitte, erhob sich tatsächlich eine Kuppel. Nur, dass Michael und Crystal jetzt erkennen konnten, dass es sich wohl um eine der Konstruktionen handelte, die man zum Schutz über Teleskopen errichtete. Also befand sich dort mit ziemlicher Sicherheit ein Observatorium. Durch die verschnörkelten Gitter hindurch erkannten die beiden jungen Leute, dass sich die Zufahrt zu einer Art Kreisbahn erweiterte, die unter das Haus abtauchte. Wahrscheinlich befanden sich dort dann Garagen, denn andere Möglichkeiten, Fahrzeuge abzustellen, konnten sie nicht entdecken. Rechts und links des Hauses kam ein knapp fünfzig Zentimeter breiter Wasserlauf hervor, der das Gebäude kreisförmig zu umfließen schien. In der Mitte der Einfahrt mündeten beide Wasserläufe in ein kleines, mit einem weitmaschigen Gitter abgedecktes rundes Becken, über dessen Rand das Wasser wohl in einen Abfluss ablaufen konnte. Ein Stückchen dahinter, am unteren Rand der Kreisfläche, die durch die Zufahrtsstraße ausgespart wurde, plätscherte munter ein kleiner Springbrunnen. Rechts und links von diesem Springbrunnen führten geschotterte Fußwege zu der unter der hervorragenden Gebäudespitze liegenden Haustür. Im das Haus umgebenden Garten dominierte eine Rasenfläche, auf der vereinzelt niedrige Büsche und Bäume emporwuchsen.

Michael und Crystal waren von diesem Anblick wie erschlagen. Es hatte ja keiner von beiden gewusst, was sie hier im Longfield Drive erwarten würde. Aber das, was sie vor ihren eigenen Augen im Abendsonnenlicht liegen sahen, das sprengte nun wirklich jeden Rahmen der Vorstellung.

»Das ist ...«, begann Crystal stockend nach einigen Minuten des fassungslosen Staunens.

»... nicht zu glauben!«, vervollständigte Michael ihren angefangenen Satz.

»Ich bin wie erschlagen«, fügte seine Freundin dann noch kopfschüttelnd hinzu. »Das ist kein Haus, das ist eine richtige Festung!«

»Na, wenn ich deinen Vater mit seinem Brief richtig verstanden habe, dann werden wir auch eine Festung brauchen«, meinte Michael düster.

»Wir sollten zusehen, dass wir da reinkommen«, fügte er dann noch ein wenig drängend hinzu.

Er wollte Crystal nicht beunruhigen, aber sein ungutes Gefühl hatte sich in den letzten Minuten ständig verstärkt.

Er hakte sich bei seiner Schicksalsgefährtin ein, und gemeinsam steuerten sie auf die beiden verschlossenen Flügel des gewaltigen Portals zu. Es befand sich natürlich in der Mitte der vorderen

Zaunfront. Jeder der beiden schmiedeeisernen Portalhälften war fünf Meter breit. Vor einem im Boden eingelassenen, zehn Zentimeter breiten, silbern schimmernden Band blieben die beiden stehen. Es spannte sich halbkreisförmig von Portalpfeiler zu Portalpfeiler

»Was soll denn das sein?«, fragte Crystal ihren Begleiter verblüfft.

»Hm!«, machte Michael und reckte den Kopf, um zwischen den Ornamenten des Portals hindurchzuspähen.

»Das geht auf der anderen Seite weiter«, sagte er dann.

»Wenn du mich fragst – ich glaube, dass dieses Silberband so etwas wie ein ... magischer Schutzkreis ist.«

Crystal blickte zweifelnd von Michael zum Silberkreis und wieder zurück.

»Und du meinst, wir können da ohne Gefahr drüber hinweg gehen?«

»Na ja, das Haus wurde doch für dich und deine Mutter gebaut«, erläuterte Michael und machte eine umfassende Geste mit seinem ausgestreckten Arm. »Da würde es doch wenig Sinn machen, wenn du es nicht betreten könntest.«

»Stimmt, du hast Recht«, lachte Crystal und schüttelte ihren Kopf, dass ihre schulterlangen, roten Locken nur so herumwirbelten.

»Manchmal ist selbst das Naheliegendste weit entfernt, wenn man nicht draufkommt!«

Erleichtert hüpfte sie forsch über den silbernen Kreisbogen, und Michael folgte ihr auf dem Fuße. Erwartungsgemäß geschah nichts, und so traten die beiden an das große Portal heran.

»Da ist kein Türgriff, nicht einmal ein Schloss ist zu sehen«, rief Crystal enttäuscht aus. »Wie sollen wir denn da hineinkommen?«

»Es muss einen Weg hinein geben«, antwortete Michael, und Crystal registrierte erstaunt, dass seine Stimme plötzlich einen alarmierten Unterton bekommen hatte.

»Und wir sollten zusehen, dass wir diesen Weg hinein möglichst schnell finden!«

»Michael, was ist ...?«, fragte die junge Engländerin besorgt und drehte sich zu ihm um.

Was sie sah, ließ ihr das Blut in den Adern gefrieren, und erschrocken zog sie geräuschvoll die Luft ein. Von der Straße und von rechts und links her näherten sich langsam sechs pechschwarze wolfsähnliche Kreaturen. Ihre Augen glühten in einem teuflischen Rot, die gebleckten Lefzen enthüllten grässlich lange und spitze Reißzähne. Ein tiefes, unirdisch klingendes Knurren drang aus ihren Kehlen hervor, während die Unwesen Schritt für Schritt dem Standort der beiden Menschen näher kamen. Von den nahen Bäumen, die zu beiden Seiten der Stichstraße standen, ließen sich kindskopfgroße dunkle Schatten fallen, die sofort ihre Flügel entfalteten und mit heiserem Krächzen in Richtung Portal geflogen kamen. Crystal stieß einen gellenden Schrei aus, und Michael zog sie in einem Impuls mit nach unten und beugte sich schützend über sie. Doch die fledermausähnlichen Wesen erreichten die beiden Menschen nicht. Mit wahnsinnigem Kreischen drehten sie kurz vor der silbernen Kreislinie ab, um gleich darauf einen neuen Bogen zurückzufliegen.

»Sie können nicht an uns heran, der Kreis schützt uns!«, rief Michael erleichtert aus.

Im nächsten Moment duckte er sich erneut, denn abermals zogen die kreischenden Höllenflieger ihre Runde um die Schutz suchenden Menschen. Der junge Deutsche registrierte erschrocken, dass sie sich diesmal ein wenig näher an den Kreis heranwagten.

»Aber wer weiß, wie lange noch! Crystal, du musst das Tor aufbekommen!«

Crystal nickte, rappelte sich auf und machte sich an dem Portal zu schaffen. Ihre Hände tasteten hektisch auf dem Metall herum, doch sie konnte unter ihren Fingerspitzen nichts erfühlen, was wie ein Schloss oder irgendein anderer Mechanismus wirkte.

»Ich ... ich kriege es nicht auf!«, schrie die junge Frau verzweifelt, und ihre Augenwinkel füllten sich mit Tränen.

Michael, der ihr bisher den Rücken deckte und voller Angst mit ansehen musste, wie die Riesenfledermäuse und Teufelswölfe schon fast an den Rand des Schutzkreises herangerückt waren, drehte sich kurz zu ihr herum.

»Du schaffst es!«, versuchte er seine Freundin zu beruhigen und aufzumuntern. »Denk an Cadwrigham House! Da hast du doch auch ein paar Schlösser ohne jeden Schlüssel aufbekommen. Das musst du nur hier wiederholen!«

»So schlau war ich auch schon!«, giftete Crystal zurück.

Sie warf einen angstvollen Blick auf die sich nähernden Kreaturen der Finsternis, die nun schon bis an den Rand des silbernen Schutzkreises herangekommen waren. Knurrend und geifernd liefen die wolfsähnlichen Kreaturen vor ihnen auf und ab. Der Gestank, welcher von ihnen ausging, raubte den beiden jungen Leuten fast den Atem. Schleimiger Geifer tropfte von den Lefzen der Dunkelwölfe, und dort, wo er auf den Boden aufkam, brodelte und zischte es, gerade so, als wäre pure Säure nach unten getropft.

Verzweifelt warf sich Crystal herum, klopfte und hämmerte, von Michael voller Bangen beobachtet, mit rasant ansteigender Todesangst mit ihren geballten Fäusten gegen das Eisen des Portals.

»Geh auf, du Mistding!«, schrie Crystal, schon fast in Panik begriffen.

»Was soll ich denn noch machen? So etwas wie ›Sesam öffne dich‹ oder ›Bitte, bitte geh doch auf für mich‹ schreien?«

Ein lautes metallisches Klicken ließ die beiden Menschen zusammenzucken. Erschrocken trat Crystal einen Schritt zurück. Ungläubig starrten sie und Michael auf das sich langsam bewegende Portal, in dem jetzt ein senkrechter Spalt erschien und sich langsam verbreiterte.

Da spürte Michael plötzlich einen leichten Lufthauch hinter seinem Rücken. Er drehte sich herum, um die Ursache dafür herauszufinden. Dabei prallte er fast gegen einen hochgewachsenen, schlanken Mann, der urplötzlich direkt dicht hinter ihm stand.

»Ah!«, schrie der Deutsche erschrocken auf, trat reflexartig einen Schritt zurück und rempelte dabei gegen Crystal, die angesichts des plötzlich aufgetauchten Fremden einen erstickten Laut der Panik von sich gab.

»Ich dachte schon, Ihre reizende Freundin bekommt das Portal überhaupt nicht mehr auf!«, sprach der Fremde mit einer sanften Stimme, die jedoch einen recht sarkastischen Unterton hatte, der die Gestalt ein wenig blasiert und überheblich wirken ließ. Vielleicht mochte das auch an dem seltsamen Akzent liegen, mit dem sie Englisch sprach.

»Verdammt!«, schrie Michael und legte seinen Arm schützend um Crystals Schulter. »Wer zum Teufel sind Sie? Und wo kommen Sie so plötzlich her?«

Seine Augen rasten über die Gestalt des Fremden. Dabei versuchte er, so viele Einzelheiten wie möglich zu erfassen. Der Fremde war etwa ein Meter fünfundachtzig groß, sehr schlank, ja fast grazil. Er hatte ein fein geschnittenes, edel wirkendes Gesicht, in dem das Faszinierendste die intensiv blauen Augen waren. Er trug einen hellblonden Goatee, der in einem seltsamen Kontrast zu seiner sehr hellen, fast bleichen Hautfarbe stand. Gewelltes, schulterlanges und sehr gepflegt wirkendes Haar fiel auf ein weißes, etwas rüschiges und antiquiert anzusehendes Oberhemd. Sein linkes Ohr zierte ein goldener Ohrring. Die Gestalt steckte in engen, schwarzen Lederhosen, die Beine zudem in ebenfalls schwarzen Wadenstiefeln. Um seine Schultern wehte ein knöchellanges, dunkles Cape. Die seltsame Gestalt machte nun eine angedeutete Verbeugung.

»Rolfhardt Ethelbert Ronan von Schressen, wenn's beliebt«, stellte er sich vor. »Meines Zeichens Freund des Vaters unserer lieben Türöffnerin«, ergänzte er. »Und apropos Tür, wir sollten jetzt wirklich zusehen, dass wir von hier verschwinden!«

Bei seiner Vorstellung entblößte er naturgemäß sein Gebiss, und Michael traf die Erkenntnis wie ein Schlag.

»Sie sind ein Vampir!«, rief er entgeistert aus.

»Blitzmerker!«, gab dieser ironisch zurück und warf einen Blick über seine Schulter hinter sich.

Die geifernde Meute außerhalb des Kreises war nun bedrohlich nähergerückt, und es schien nur noch eine

Frage von Momenten zu sein, bis sie den Schutzkreis durchbrechen würden.

»Und ihr seid gleich tot, wenn ihr eure Hintern nicht in Bewegung setzt!«, rief der seltsame Vampir den beiden Menschen zu. »Die Biester brechen gleich durch.«

Ein triumphierendes Aufheulen ließ von Schressen alarmiert herumfahren. Bestürzt sah er, dass der Vorderste in der Phalanx von Höllenhunden seine Vorderpfoten über den silbernen Bannkreis geschoben hatte. Es schien ihm zwar Schmerzen zu bereiten, aber er wich nicht zurück. Im Gegenteil, geifernd und Zähne fletschend schnappte der nach dem dunklen Umhang des blondmähnigen Vampirs.

»Lauf endlich, du Idiot!«, herrschte dieser Michael an und gab ihm einen Stoß vor die Brust, so dass dieser einige Schritte rückwärts auf das Gelände von Blair House taumelte, wohin Crystal schon einige Meter weit hineingelaufen war.

Aus weit aufgerissenen Augen sah Michael, wie der Vampir mit einer Hand weit ausholte. Während sie auf die schwarze Bestie, die sich in dem Umhang verbissen hatte, niedersauste, verwandelte sie sich in eine schreckliche, krallenbewehrte Klaue. Die bohrte sich mit einem dumpfen, reißenden Geräusch in die Flanke des Höllenhundes.

»Du hast mir meinen Umhang versaut, Mistvieh!«, schrie von Schressen wütend und schleuderte das Vieh in hohem Bogen von sich, gerade so, als würde es nichts wiegen. Die anderen Monsterbestien gebärdeten sich bei diesem Anblick wie rasend und versuchten, den Bannkreis, der mehr und mehr von seinem silbrigen Schimmer verlor, zu überwinden. Auch die fliegenden Vampirvögel kamen immer näher. Michael wunderte sich, dass von Schressen ihnen nicht auf das Gelände folgte, wo es weitere Schutzzeichen und Bannkreise gab, die die Bestien sicher abhalten konnten. Doch der schmächtige Mann blieb an der Portallinie stehen.

»Bittet mich herein!«, schrie er hinter den beiden Flüchtenden her. »Sonst komme ich nicht über den Bannkreis hinaus!«

Michael stutzte. Doch dann fiel ihm schlagartig ein, was er aus unzähligen Vampirgeschichten noch wusste: ein Vampir konnte ein fremdes Haus erst dann betreten, wenn er hineingebeten wurde!

»Crystal, tu es nicht!«, wollte er schreien, doch über ihren Namen kam er nicht hinaus. Urplötzlich fühlte er sich von eiskalten Klauen an den Beinen gepackt, die ihm so brutal nach hinten weggerissen wurden, dass er schmerzhaft der Länge nach auf dem kiesigen Grund der Einfahrt von Blair House aufschlug. Voller Panik blickte er über seine Schulter hinweg, doch da war niemand. Und doch zerrte und zog ihn eine unsichtbare Macht langsam wieder in Richtung Straße. Dort, hinter den sich wie toll gebärdenden Monsterhunden, konnte er eine dunkle Gestalt erkennen. Sie schien wie von schwarzen Flammen umlodert zu werden, und ihre beiden Arme waren in seine Richtung gereckt. Mit den Fingern machte die unheimliche Erscheinung lockende Bewegungen in seine Richtung. Michael war sich sicher, dass die Gestalt für das verantwortlich war, was mit ihm passierte.

»Hilfe!«, brüllte er in höchster Not.

Mit aller Macht versuchte er, sich dem Wirken der Verderbnis bringenden Kraft, die ihn in Richtung des sicheren Todes ziehen wollte, entgegenzustemmen. Aber er schaffte es nicht allein.

»Bitte mich herein, Crystal, sonst ist dein Freund verloren!«, drängte von Schressen da erneut.

»Tu's nicht, Crystal, er ist doch ein Vampir!«, kreischte Michael, schon fast endgültig in den Klauen der Panik gefangen.

Doch die junge Frau ignorierte die Warnung des Deutschen. Ihr Vater hatte in dem Schreiben an sie vor Leuten gewarnt, bei denen sie instinktiv unsicher war. Der seltsame Vampir von Schressen rief dieses Gefühl aber nicht in ihr hervor. Im Gegenteil, sie konnte fühlen, dass er es aufrichtig meinte, auf ihrer Seite stand.

»Sei mein Gast, Rolfhardt Ethelbert Ronan von Schressen«, rief sie deshalb zu ihm hinüber. »Du wirst hier auf meinem Land, in meinem Haus, immer willkommen sein!«

Kaum hatte das letzte Wort ihre Lippen verlassen, hechtete der blonde Vampir förmlich auf das Gelände von Blair House. Die Meute, die ihn schon fast erreicht hatte, heulte enttäuscht auf. Von Schressen sprang auf Michael Fux zu und warf sich auf dessen Beine. Er schien wie ein Schutzschild zu wirken, denn der unheilvolle Zug, der ihn schon fast bis ans eiserne Tor gezogen hatte, ließ schlagartig nach. Mit der Hilfe von Schressens schaffte er es nun, wieder rückwärts weiter in das Gelände hineinzurobben. Und als sie den kreisförmigen Wassergraben hinter sich gebracht hatten, erlosch die fremde Kraft vollständig. Ein wütender Schrei erklang von der Straße, der so schrecklich klang, dass einem das Blut in den Adern gefrieren wollte. Und während die gewaltigen, schmiedeeisernen Flügeltore langsam wieder zuschwangen, verschwand der Unheimliche in einem schwarzen Blitz.

111

Die nachlassende Anspannung wich wie die Luft eines Ballons aus Michael Fux. Sein Kopf sank gegen die Brust von Schressens, der ihn immer noch so in den Armen hielt, wie er ihn in den letzten Minuten über den feinen Kies gezogen und gezerrt hatte. Crystal, die immer noch am ganzen Körper wie Espenlaub zitterte, kam langsam zu den beiden Männern herüber und ließ sich neben ihnen zu Boden sinken. Ihre Beine schienen zu diesem Zeitpunkt nur noch aus langsam zerfließender Butter zu bestehen.

»Ist ... ist es vorbei?«, fragte sie den seltsamen Vampir, der sie aus seinen überirdisch schönen, klaren, hellblauen Augen anblickte.

»Für den Moment schon«, antwortete er ihr leise, fast sanft.

Michael, der die beiden Stimmen wahrnahm, wurde mit einem Mal bewusst, dass er sich noch in den Armen des Vampirs befand und dass dieser ihm zudem fast zärtlich über seinen kurzen, braunen Haarschopf streichelte. Es war ihm noch nicht einmal unangenehm, und das bestürzte ihn am meisten. Schließlich sah von Schressen nicht schlecht aus, und Michael war, was seine Liebschaften anbelangte, seit seinem amourösen Abenteuer mit dem Bruder seiner Verlobten ja offensichtlich Mann und Frau zugeneigt. Aber ein Vampir? Das ging ihm dann doch zu weit. So befreite er sich nachdrücklich, aber nicht grob, aus der Umarmung des schlanken, blond gelockten, jugendlich wirkenden Mannes und setzte sich auf, wobei er mit seinen beiden Armen seine Knie umschlang, damit niemand sah, wie sehr diese zitterten.

»Danke!«, nuschelte er halb unverständlich hervor, denn nach wie vor war ihm dieser seltsame Mann suspekt. Kein Wunder, wenn man bedachte, dass es noch gar nicht lang her war, dass ihm ein anderer Vampir nach dem Leben getrachtet hatte.

Von Schressen fuhr ihm kameradschaftlich über seinen Haarschopf.

»Ich habe deinen Knackarsch gerettet, mein hübscher junger Mann«, sagte er und zwinkerte ihm zu. »Dafür habe ich wohl ein bisschen mehr als ein Danke zu erwarten. Ich habe etwas gut bei dir!«

Ein lautes metallisches Knacken lenkte die Aufmerksamkeit der drei auf das große Portal, das sich soeben wieder völlig geschlossen hatte. Michael war für diese Ablenkung dankbar, denn er wusste nicht, was er auf von Schressens Forderung hätte antworten sollen.

»Sind wir hier jetzt sicher?«, fragte Crystal leise in die Runde.

Von Schressen lächelte ihr aufmunternd zu.

»Keine Sorge, junge Dame, dein Vater hat hier ganze Arbeit geleistet. So schnell kommt hier kein Abkömmling der Finsternis hinein. Aber wirklich sicher sind wir erst im Inneren des Hauses. Und dahin sollten wir uns jetzt schnellstmöglich verziehen!«

Hier stimmten ihm die beiden Menschen vorbehaltlos zu. Crystal ging voraus, denn sie war es, die das Haus für die drei würde öffnen müssen. Von Schressen ging zusammen mit Michael hinter ihr her. Als ihm der Vampir seinen Arm um die Schulter legte, wehrte er sich noch nicht einmal dagegen. Michael schaute ihn von der Seite her an, und von Schressen schenkte ihm ein sympathisches Lächeln. So langsam wurde dem jungen Deutschen klar, was sich von Schressen als Gegenleistung für seine Rettung von ihm wünschen würde. Und fast bestürzt war ihm ebenso klar, dass er, Michael, durchaus bereit war, es dem Mann zu geben. Doch vorerst lag das Haus vor ihnen. Crystal hatte die Eingangstür erreicht, und ihre Hände dagegengelegt. Willig und ohne Schwierigkeiten öffnete sich die massive Eichenholztür, und die unbekannten Tiefen von Blair House verschluckten die drei unterschiedlichen Gestalten. Mit einem satten Schmatzen schloss sich die Tür hinter ihnen und verwies das Grauen und die Gefahr damit in eine sichere Entfernung. Was vor ihnen lag? Niemand wusste es, doch genauso wussten sie, dass bereits der nächste Tag neue Entwicklungen und Erkenntnisse mit sich bringen würde. Ob Crystal Blair und Michael Fux die auf sie wartenden Gefahren meistern konnten, das stand in den Sternen. Sie würden kämpfen müssen. Und sie würden es auch tun.

Ende

Lesen Sie auch das nächste Abenteuer von Crystal, Michael und Rolfhardt, wieder verfasst von
A. T. Legrand

»Kreuzfahrt des Schreckens«

Bald als neu überarbeiteter Band der Reihe
»XUN präsentiert« erhältlich.

Crystal Blair empfängt im Traum den geistigen Hilferuf eines kleinen Mädchens, das in großer Sorge um ihre Großmutter ist. Diese bricht, entgegen all ihrer Gewohnheiten, Hals über Kopf zu einer Kreuzfahrt auf. Das Mädchen spürt, dass hier etwas nicht mit rechten Dingen zugeht. Und auch Crystal empfängt im Traum eine deutliche Warnung. Kräfte des Bösen sind hier am Werk.

Gemeinsam mit ihren Gefährten Michael Fux und Rolfhardt Ethelbert Ronan von Schressen, dem weißen Vampir, bricht sie schnellstmöglich zur MS SERPENTIA auf, um der Großmutter des Mädchens zu Hilfe zu eilen.

*Bald stellen die drei selbsternannten Monsterjäger fest, dass tatsächlich finstere Mächte an Bord des Kreuzfahrtschiffes zu Gange sind. Grausame Dinge geschehen, und so wird die Fahrt der MS SERPENTIA zu einer **Kreuzfahrt des Schreckens ...***

„XUN eBook Edition" - Band 23
Bernd Walter (Hrsg.)
„Geister, Aliens, Detektive"

Kurzgeschichten-Anthologie

November 2015
Erhältlich in den Formaten
PDF – ePub – Mobipocket - Kindle
Preis € 2,50

Mit Kurzgeschichten von:

W. Berner, Ina Elbracht & Alexander Schmalz,
Snorri Grimmson,Tedine Sanss,
Alexa Innocenti, Swea Katharina Kräuter, Markus Rackow,
Christian Künne, Susanne Schnitzler

www.fantastischegeschichten.de